Über dieses Buch »Yvan Goll hat keine Heimat: durch Schicksal Jude, durch Zufall in Frankreich geboren, durch Stempelpapier als Deutscher bezeichnet.« (Goll über Goll) Odemar Müller, der Romanheld, ist nach dem Willen Golls ein Deutscher bis auf die Knochen. Aufgewachsen vor dem ersten Weltkrieg im kaiserlichen Oberförster-Elternhaus, vollgestopft mit deutscher Innerlichkeit und Idealismus, fällt er von einer Überzeugung in die andere. Das turbulente Leben Odemar Müllers ist aber weit mehr als ein Schlüsselroman über Deutschland vor dem Faschismus, denn in Golls Berlin brodeln sämtliche Sinnversprechen der Moderne. Die Tragikomödie des Deutschen Odemar Müller ist sicher auch ein Stück Geschichte des Heimatlosen Goll, des enttäuschten Avantgardisten, des militanten Expressionisten, »Überrealisten«, Dadaisten. Und so steht in ›Sodom Berlin‹ das Elegische neben dem Grotesken, expressionistisches Pathos neben dadaistischem Gag und dem surrealen Schillern der Metapher, das dann unversehens wieder zum Witz gerinnen kann: »Es war ein November der Sintflut und der Revolution. Ein Stahlregen spritzte waagerecht über die Straße, und die Seidenschirme der schönen Frauen waren wertlos geworden. Kugeln durchschlugen die Rosen, die die Schönen über der linken Brust trugen, und wortlos legten sie sich auf der Stelle nieder, wie auf Geheiß eines unsichtbaren Liebhabers.«

Der Autor Yvan Goll wurde 1891 in Saint Dié (Vogesen) geboren. Jurastudium in Straßburg; 1914 bis 1918 Schweizer Exil; 1919 bis 1939 Paris, Zusammenarbeit mit den Surrealisten; 1921 Heirat mit Claire Studer (viele gemeinsame Arbeiten); 1939 bis 1947 Exil in den USA; 1947 Rückkehr nach Paris; gestorben 1951. Veröffentlichte Lyrik, Dramen, Prosa und Essays und schrieb in deutscher, französischer und englischer Sprache. Eine Auswahl seiner Werke: ›Réquiem pour les morts de L'Europe‹ (1916), ›Der neue Orpheus‹ (1918), ›Methusalem oder der ewige Bürger‹ (Drama, 1922), ›Le Microbe d'Or‹ (1927), ›Die Eurokokke‹ (1927), ›Der Mitropäer‹ (1928), ›Agnus Dei‹ (1929), ›Lucifer Vieillissant‹ (1934), ›La chanson de Jean sans terre‹ (1936–39), ›Traumkraut‹ (Gedichte, 1951).

Yvan Goll
Sodom Berlin

Roman

Aus dem Französischen
von Hans Thill

Mit einem Nachwort
von Karsten Witte

Fischer Taschenbuch Verlag

Verzeichnis der Abbildungen von
Georges Annenkoff, Max Beckmann, Marc Chagall,
Salvador Dali, Yvan Goll, George Grosz
und Ossip Zadkine siehe Seite 160.

Veröffentlicht im Fischer Taschenbuch Verlag GmbH,
Frankfurt am Main, Oktober 1988
Lizenzausgabe mit freundlicher Genehmigung
des Rotbuch Verlags, Berlin
Titel der Originalausgabe: ›Sodome et Berlin‹

›Sodom Berlin‹ gehört zu dem Gesamtwerk von Yvan Goll.
Die Veröffentlichung erfolgte mit freundlicher Genehmigung
der Fondation Goll, Saint-Dié, Frankreich
Umschlaggestaltung: Buchholz/Hinsch/Hensinger
Umschlagabbildung: George Grosz
Stützen der Gesellschaft 1926
(Staatl. Museen Preußischer Kulturbesitz
Nationalgalerie, Berlin)

Satz: Fotosatz Otto Gutfreund, Darmstadt
Druck und Bindung: Clausen & Bosse, Leck
Printed in Germany
ISBN 3-596-29188-7

Sodom Berlin

Yvan Goll, Selbstporträt, 1949.

Berlin, Stadt des Nordens, Todesstadt, wo vereiste Fenster starren wie der Todkranken Augen, wo rissige Steine sich häufen, wo der Boden klafft wie der Wöchnerinnen Schoß. Stadt eisigen Wahns, des Krampfes in Dunkel und Gefängnis, wie verschieden von der überkochenden Tollheit im goldenen Sizilien! Zementener Kopf, Totenkopf aus Pappmaché, keuchend über einer von geronnenem Blut steifen Husarenuniform. Rekrutenkopf, der bartlos und schwindsüchtig einen Attilaschnurrbart in sein Milchgesicht klebte. Tiefe Stirne, Stirne dreifach gezeichnet von des Hungers Egge und gekrönt mit aus Kartoffelblüten geflochtenem Kranz!
O kranke, stinkende Stadt! Deines Pöbels Frucht breitet sich über deine faltige Haut wie erkaltender Lavastrom. Alte Menschenfresserin, deine schlaffen Brüste kollern unter papierenem Hemd, du bist erblindet in geheimnisvollem Schlamm. Aus welch fernem Jahrtausend trittst du hervor und wirst du dich wälzen über die edlen Wandteppiche Europas? Gewiß, du bist's, blonde Germania, der ich die langen Zöpfe löste in jenen jungfräulichen Wäldern deiner epischen Gesänge; du bist's, Urenkelin Ossians und Schwiegertochter eines Feldwebels a. D., so früh bist du gealtert? Wie schnell werden Elfen zu Hexen! Doch komm, erzähle mir die Geschichte deiner Mißgeschicke. Nur zu, es ist die Geschichte aller Gretchen.
So viele bei dir sind, Doktor Faust: Land, wo fallsüchtige Trambahnen am Milchstraßenhang entgleisen, wo die Blauen Blumen stickende Gase in ihren Stempeln produzieren. Land der Ulanen und Denker! Land des göttlichen Hölderlin, der sich im Wahn die Adern öffnete, um einen Rosenstock zu begießen, Land des Schlächters Haarmann, der das Blut seiner blonden Liebesjünglinge trank, dort, wo der Hals am zartesten ist. Land

aller Antithesen und der allerschönsten Träume. Land gefreiter Engel und der Unteroffiziere, der Urin schwitzenden Kasernen und der Sanatorien, die blau vor Glyzinen blühen. Treibhaus, wo man heilige Schwestern und Alraune zieht. Fabrik für den Stein der Weisen und das tödliche Phosgen.
Eines reinen Ostermorgens schändete deine schwere Artillerie, nach Leder und Schweiß stinkend, ein liebliches Tal sanfthaariger Birken, und Parsifal, der Kommandeur, hißte das Reichsbanner!
Kinder füllen die Irrenhäuser, sie wähnen sich Heilande und rezitieren aus dem Gedächtnis die Werke Jakob Böhmes. Auf Eisenbahnböschungen werfen rotblonde Mädchen ihr Haar in den Wind, um die bolschewistischen Armeen herbeizuwinken. In Scharen brechen Universitätsprofessoren ins Gebirge auf, den Rucksack auf dem Rücken und in der Provianttasche die Werke Kants, um dort zu träumen oder die Kritik der Reinen Vernunft in Verse zu setzen.
O Land aller Gegensätze und aller Extreme, wohl warst du Vaterland dem Dr. Odemar Müller, und mit seinem Leben, seinem Namen wurde er dein strahlender Held.

Er stammte nicht von Odin ab, wie man seinem Vornamen zufolge hätte glauben können, sondern ganz einfach von einem Oberförster aus Thüringen, und er gehörte zu der blassen Generation eines blassen Städtchens, wo die Reden von Wilhelm II und Böcklins Gemälde als das Genialste galten, was ihre Zeit hervorgebracht hatte. Odemar konnte in seines Vaters Arbeitszimmer zum Heiligtum eines jeden guten Deutschen aufschauen: einen Bücherschrank, der die Klassiker beherbergte, dreißig Lederbände, Schulter an Schulter wie Grenadiere im Paradeschritt; auf dem obersten Bord standen ein steinerner Bierkrug aus der Münchner Kindlbräu und ein Pokal, den ein Onkel beim Radrennen gewonnen hatte; darüber waren zwei Säbel, eine Fechtmaske, die büffelledernen Handschuhe und die Mütze der Studentenverbindung »Arminia«, welcher der Förster angehört hatte, als Wandschmuck aufgehängt; daneben zwei Porzellanpfeifen, deren meterlange Rohre mit Girlanden und Bommeln geschmückt waren, ein Pfeifenkopf zeigte das Bild Bismarcks im Kornblumenkranz, der andere ein Glücksschwein mit Ringelschwanz.

Hier hatte sich Odemar an den Quellen der Kultur gelabt. Hier hatte er abwechselnd die Nachtigallen Walthers von der Vogelweide und die Trommeln von Gravelotte schlagen hören, hatte die sibyllinischen Metren der Edda entziffert und mit frühreif tiefer Stimme Klopstocks gewundene Sätze skandiert; Herder und Hegel hatten ihm schließlich bestätigt, daß der Deutsche Geist unangefochten über allen anderen der Welt stand. Dieser junge Deutsche war stolz auf seine Vergangenheit, und ohne zu zögern schritt er einer stolzen Zukunft entgegen. Im Jahre 1913 hatte man in Europa den Sport noch kaum entdeckt, doch der Militarismus ersetzte ihn aufs beste. Odemar schloß mit dem Abitur die Schule ab und marschierte ein Jahr lang als schmucker Soldat in der apfelgrün-himbeerroten Uniform der leichten Kavallerie die Hauptstraße seines Städtchens hinauf und hinunter. Dann brach er endlich nach Bonn auf.

Für jeden Studenten war sie die Stadt der großen Wunder – Bonn am Rhein. Der Rhein hatte die Farbe von Pilsener Bier und war von recht vollwangigen Nymphen bewohnt. Herrliches Bonn: Die kleine Universität barg für viele eine große Zukunft, sie nahm die Prinzen der regierenden Fürstenhäuser bei sich auf und die Söhne aller Industriemagnaten, aller Botschafter und Krautjunker, die Götter der Zukunft. Bonn, der Sitz glanzvoller »Studentencorps«: Saxo-Borussia, Alemania, Arminia.

Die Theater spielten nur ihretwegen. Die Geschäftsleute lebten nur ihretwegen. Und in den Familien gebaren die Mütter nur ihretwegen: Zweifellos war Bonn die einzige deutsche Stadt, wo männliche Erben unwillkommen waren, denn die Tradition wollte, daß mit jedem »möblierten Zimmer«, das an einen Studenten vermietet wurde, eine reine und holde *filia hospitalis* bereitstand. Zu der Zeit, als Odemar dort ankam, hieß es überall hinter vorgehaltener Hand, daß es in der Stadt vier kleine Kronprinzen natürlicher Erbfolge gäbe, für die man schon jetzt ein schönes und ruhiges Amt bei der Polizei oder der Post bereithielt.

In den Verbindungen blieb man unter sich, es wurden nur Studenten mit guten Beziehungen oder in Erbfolge aufgenommen. Odemar trat ohne Schwierigkeiten in die »Arminia« ein, denn sein Vater war einst ein erstklassiger Trinker gewesen.

In den Elitecorps wurden von einem Studenten zwei

Haupttugenden erwartet: Er mußte trinken und fechten können.

Vor allem das Trinken war eine schwierige Kunst. Man trank nach heiligen Riten, die kühne Generationen aus in tiefstem Dunkel liegenden Zeiten überliefert hatten. Trinkend weihte man sich in Dank und Andacht den Stammesgöttern. Das Bier war Grundstoff für die Nahrung eines Volkes von Helden, weshalb die Söhne der großen Münchner Brauereibesitzer zu adligen Kreisen Zutritt hatten.

Die jungen Studenten mußten während des ersten Semesters theoretische Seminare im Trinken absolvieren, die der Fuchsmajor der jeweiligen Verbindung abhielt.

Sie mußten lernen, daß zuerst, bevor man den »Humpen« hob, das eine oder andere Lied zu singen war, daß man sich nach dem Lied sofort zackig zur Habachtstellung erhob, dann einem aus Walhalla kommenden Befehl gemäß den Bierkrug dreimal auf der Tischplatte rieb und dabei heilige Einsetzungsworte sprach, daß man schließlich seine Augen fest auf die des Seniors richtete und vor allen Gästen ohne Luft zu holen innerhalb knapp dreißig Sekunden und in großen Zügen einen Liter braunes, schweres, schäumendes und göttliches Bier hinunterstürzte.

Ein Anstandskomment vervollständigte die Erziehung des Studenten: Wie man das Monokel am Auge festschraubt, wie beim vorschriftsmäßigen Mittagsspaziergang der Stock zu halten und das Verbandswappen zu schleppen ist, wie man ein Fräulein grüßt – man zieht, die Augen gesenkt, die Mütze bis zum Boden –, wie man sich schließlich im Theater benimmt. Ja, das Theater war nicht verpönt wie die anderen Künste. Vor allem Wagner galt als Einführung in die deutsche Psychologie schlechthin, seine Fricka war der Prototyp der guten deutschen Mutter, sein Wotan ein Gebieter, der den Wert des Goldes kannte, und seine Walküren waren geschaffen, um einen von der Femme fatale zu heilen. Und seine süße und zugleich kraftvolle Musik floß hinunter wie Met, der berühmte Trank der heidnischen Götter.

In der Kunst des Zweikampfs machte Odemar Fortschritte, innerhalb kürzester Zeit wurde er einer der besten Fechter der Arminia. Man setzte in ihn große Hoffnungen, die er nicht enttäuschte. Denn das Glück bot ihm die Gelegenheit zu einem aufsehenerregenden Duell, das für einige Wochen ganz Bonn in Atem hielt.

Eines Tages saß er zur Frühschoppenzeit auf der Terrasse des Brauhauses, das seiner Verbindung als Hauptquartier diente, als plötzlich ein großgewachsener, blonder junger Mann mit schüchternen Gesten und sanften Augen an ihn herantrat. Er trug auf dem Kopf eine goldverbrämte, weiße Seidenmütze, das strahlende Attribut der Saxo-Borussen, und forderte ihn mit kindlicher Stimme heraus:
»Mein Herr, Sie haben mich fixiert!«
»Ganz wie Sie es auffassen, mein Herr!« antwortete Odemar.
»Sie haben mich beleidigt!« sagte der andere mit einer Stimme, die mehr vor Erregung denn vor Angst zitterte.
»Mein Herr, ich stehe zu Ihrer Verfügung!«
Dieser ritterlichen Art bedienten sich die Studenten nach einem stillschweigenden Abkommen, um sich herauszufordern. Die einzelnen Verbindungen verkehrten nicht untereinander, sie verachteten sich gegenseitig tief, doch sie barsten vor Heldenmut und mußten so Vorwände für ihre Duelle finden, denn jeder Student hatte sich zu schlagen, wenn er in seiner Verbindung einen Rang erreichen wollte.
Geweihten Regeln gemäß wurde ein Ehrenkonvent zusammengerufen. Der Ehrenkonvent beschloß, der Armine Odemar Müller habe die Ehre, gegen den Prinzen

Marc Chagall, Yvan Goll.

von Thurn und Taxis anzutreten, denn dieser habe ihn provoziert. Odemar schlug sich wie ein Tiger im von altem Fechtgehänge und goldüberladenen Uniformen funkelnden Paukboden der Saxo-Borussen, doch während er seine ganze Aufmerksamkeit darauf verwandte, das Milchgesicht seines vornehmen Gegners zu schonen, schlitzte der ihm mit seinem Säbel das Gesicht entzwei und verlieh ihm so einen Schmiß, der von der linken Schläfe ausgehend die Lippe spaltete und erst sehr nahe am Kinn endete. Dieser Schmiß würde für immer von Odemars Waffentat zeugen, und sein ganzes Leben lang durfte er wiederholen, daß seine ruhmvolle Narbe den prinzlichen Händen eines von Thurn und Taxis entstammte.

Derweil saß die alte Lorelei mit immer noch genauso dichten, schönen blonden Zöpfen und einer Stimme, die noch nichts von ihrem Zauber verloren hatte, auf den schroffen Felsen ihrer legendären Heimstatt und sang wie eine Verrückte Heines leichte Verse. Das versetzte Bonns Studenten in Wut, sie erklärten, man hätte diesem abscheulichen Dichterjuden verbieten sollen, sich beim Duzen ihrer heimischen Göttinnen der deutschen Sprache zu bedienen.

Odemar dagegen hatte trotz seiner spartanischen Zucht ein tiefes Gemüt, wie man in Deutschland sagt, und er liebte die Poesie. Die oft leichtfertigen Reden, die seine Kameraden führten, verletzten und betrübten ihn. Diese hinwiederum machten sich oft über ihn lustig, weil er recht regelmäßig die Vorlesungen des Germanistischen Seminars besuchte. Er war in der Geisteswissenschaftlichen Fakultät eingeschrieben, studierte Sanskrit, übersetzte die alten Texte der Gudrun-Saga und träumte davon, seine Doktorarbeit über die Nonne Roswitha

von Gandersheim und die Geburt des deutschen Dramas zu schreiben.
Im alten Hörsaal, wo schon so viele junge Adler des Geistes erste Flugversuche gemacht hatten, saß Odemar neben einem von jenen armen Studenten, die man »Wilde« nannte, weil sie keinem Verein angehörten, an keinem Fest teilnahmen und nur ihr Studium liebten. (Um in der Öffentlichkeit das Leben eines Studenten zu führen, mußte man allerdings über eine gut gefüllte Börse verfügen.) Dieser Fremde hatte ein ausgemergeltes Asketengesicht. Um seine Nase hatten sich zwei Falten eingegraben, die von seinem Abscheu vor dieser Welt zeugten und vielleicht auch von Hoffnungslosigkeit, die von totgeborenen Illusionen herrühren mochten. Zwei große Augen brannten wie Nachtlaternen, gerötet vom Mangel an Schlaf. Langes Haar fiel auf seinen Kragen und übersäte ihn mit Schuppenschnee.
Eines Tages begann er ein Gespräch mit Odemar: Er hieß Wilhelm Wander, war der Sohn einer armen Witwe und beschäftigte sich vor allem mit den deutschen Mystikern. Als sie aus der Vorlesung kamen, hatte sich Wander in eine endlose Beweisführung geworfen; er ließ Odemar nicht los und hielt ihn für zwei Stunden lang im Atrium des Universitätsgebäudes. In blühender, begeisterter Rede sprach er davon, wie heilig der Mensch sei, zitierte passagenweise Franz von Assisi, dann Abraham a Santa Clara, um sogleich zu Rilke überzugehen; er hatte dem Dichter in einer Epistel seine Seele dargeboten und als Antwort von ihm einen bewegenden Brief erhalten. Am Ende war Wander auf eine Bank gestiegen und hatte mit lauter Stimme ein Sonett Stefan Georges rezitiert. So sehr Odemar diesen eigenartigen Studenten bewunderte, war es ihm doch

peinlich, in seiner Begleitung aufzufallen. Und wirklich, am Abend warfen ihm die Arminen vor, Umgang mit nichtswürdigen Schwätzern zu pflegen. Als Antwort forderte Odemar sie auf, ihm einen einzigen Satz der Fioretti zu zitieren; sie kannten nichts, nicht einmal den Titel dieses Werkes. Aus Abscheu vergaß er jede Disziplin und behandelte einen »alten Herrn« wie einen Dummkopf. Als dieser, halb launig, halb wütend, Odemar den Befehl erteilte, sofort und auf der Stelle zwei Liter Bier in einem Zug zu trinken – sonst habe er eine Disziplinarstrafe zu gewärtigen –, erhob sich Odemar plötzlich aufbegehrend und warf ihm seinen Bierkrug an den Kopf. Noch bevor sich Odemars Kameraden aus ihrer Verblüffung erholt hatten, war er dem Brauhaus entkommen und hatte dabei noch eine Kellnerin umgestoßen, die ein Dutzend »große Pils« über ihrer umfangreichen Brust trug.

Er lief zu Wilhelm Wander, der eine Mansarde im siebten Stock bewohnte, und bat ihn auf Knien, sein Freund zu werden. Er warf die rote Mütze zum Fenster hinaus und riß den »Bierzipfel« (ein silberner Anhänger) mit dem Wappen der Verbindung von seiner Uhr.

Wilhelm Wander empfing ihn ruhig und selbstsicher, mit seiner sanften und durchdringenden Stimme gewann er Odemar für die Sache des Geistes und der Seele: Denn Wander war von gotischer Reinheit, berauschte sich an seinem Schmerz und errichtete mitten in diesem profanen Jahrhundert ein tiefgründig mystisches Gedankengebäude. Wenn er von göttlichen Dingen sprach, dröhnte seine Stimme wie eine Orgel.

Hier entdeckte Odemar eine neue Welt, die ihn vor Begeisterung erzittern ließ. Er hatte bisher germanische Größe nur in herrischen Kraftbeweisen gesehen, plötzlich begriff er, weshalb man von einer Nation mit zwei

Gesichtern sprechen konnte. Nachdem er sich mit militärischer Mystik vollgeschlagen hatte, war er nun begierig, sich an Göttlichem zu laben.
»Üben wir Demut!« predigte Wander in prophetischem Ton. »Große Erschütterung sehe ich kommen. Die Menschheit kann nicht weiter so in Seichtheit und Verweichlichung leben, ohne Ideal und ohne Schmerz. Nur durch großes Elend wird die Glückseligkeit auf die Welt kommen. Ihr füllt eure Bäuche mit Bier, eines Tages jedoch werdet ihr einen Kelch leeren müssen, und dieser wird wohl bitter sein, doch kein Bier darin.«
Odemar spürte, daß Wander ernstlich litt, und er gewann ihn lieb wie einen großen Bruder, den man bewundert und fürchtet. Denn Wander hatte schreckliche Augen, die einen bezwangen und doch völlig erlösten.
Die beiden Freunde wurden bald unzertrennlich. Nach ihren Vorlesungen gingen sie zusammen mit großen Schritten die blühenden Ufer entlang, und die Wellen des Rheins trugen das berühmte Gold der Götterdämmerung mit sich. In hellen Mondnächten wanderten sie auf der von rosa Kirsch- und Apfelbäumen gesäumten Straße flußaufwärts zurück. Hundertäugige Schiffe zogen vorüber, hundert erleuchtete Kabinen, sie waren mit Abenteuern beladen. Unter silbrigen Weiden badeten splitternackte Rheintöchter. Kobolde tanzten, Kronen aus Glühwürmchen im Haar. Um verschollene Helden Trauer tragend, sangen Wasserfrauen die Strophen unveröffentlichter Tragödien. Dann überraschte plötzlich auf der anderen Straßenseite ein aus Holland kommender Express, von seiner Geschwindigkeit berauscht und voll roher Realität, diese ganze Traumwelt und verjagte all die blassen, göttlichen Schatten.
Die beiden jungen Männer drangen weiter in die Nacht, sie durchquerten schlafende Dörfer und grüßten flüch-

tige Geistergestalten, die sich vielleicht aus einer Novelle Hoffmanns oder Hauffs hierher verirrt hatten. Manchmal rasteten sie in einem Wirtshaus, das noch nicht unter seiner Linde eingeschlummert war, und gaben sich bei einem Fläschchen Rosé mystischen und ekstatischen Ausschweifungen hin.

Eines schönen Sommermorgens, als sie von einer dieser nächtlich-romantischen Entdeckungsreisen zurückkehrten, einen Stern im Knopfloch und Stroh im Haar, fanden sie die Stadt in Aufregung vor. Ein alter Mann schwenkte zitternd eine Zeitung und schrie mit Tränen in der Stimme: »Allgemeine Mobilmachung...«

Salvador Dali, Jean sans Terre.

Eines Novemberabends im Jahre 1918 fand sich Odemar Müller vor einer Litfaßsäule am Potsdamer Platz wieder. Unablässig umschlich er die Säule, als spielte er mit jemandem Versteck oder als suchte er verzweifelt einen Theaterspielplan. Vielleicht suchte er ganz einfach den Kugeln eines Maschinengewehrkommandos zu entkommen, die den Spartakisten im Bahnhof galten.
Es war ein November der Sintflut und der Revolution. Ein Stahlregen spritzte waagerecht über die Straße, und die Seidenschirme der schönen Frauen hatten ausgedient. Kugeln zerschlugen die Rosen, die die Schönen über der linken Brust trugen, und wortlos legten sie sich auf der Stelle nieder, wie auf Geheiß eines unsichtbaren Liebhabers.
Der Bezirk um den Potsdamer Platz war fast ebenso gefährlich wie die Front in der Champagne. Grauer Himmel lastete auf der Stadt wie ein bleierner Sargdeckel. Doch blau-weiße Matrosen aus Kiel belebten das Todesgrau und heiterten es auf. Rote Soldaten schwenkten ihre Standarten in der aufblitzenden Dämmerung mit den eckigen Gesten expressionistischer Gemälde.
Derweil gab sich die Stadt alle Mühe, die Revolution nicht zur Kenntnis zu nehmen. Seit langen Tagen fanden Scharmützel irgendwo in einer der Straßenecken statt: ein kurzes, hackendes Knacken, die Aufschreie verletzter Menschen. Die Menge floß nach rechts, nach links, sickerte in die Korridore. Dann plötzlich kam alles wieder in Ordnung, und langsam setzten die Straßenbahnen ihre Fahrt fort, bahnten sich, wie Schnekken nach einem Regenschauer, einen Weg durch erstarrte Leichname und zerborstene Spazierstöcke.
Odemar Müller kam von der Front. Der Zug der Besiegten hatte ihn hier zurückgelassen, nach einem schmerzvollen Weg quer durch das von Angst und Not

starre Land. Er war nach Berlin gekommen, zum fiebernden Kopf dieses großen kranken Leibes, Deutschland war jetzt ausgehungert und mit Pusteln bedeckt, nach vier heldenhaften Jahren, vier Jahren der Verzweiflung, während derer ein großes Volk Europas im Zenit seiner Zivilisation armseliger als ein Stamm in der Steinzeit gelebt hatte. Man hatte sich von Rüben ernährt, mit Blattwerk gekleidet, da war nichts, womit man sich hätte wärmen können, man war abgeschnitten von der Außenwelt. Oh, willkommen die Revolution! Vielleicht würde man freier atmen, freier sehen! Klarheit, was es auch koste! Rot mußte her, Rot nach all diesen grauen Jahren! Sich in den Straßen die Lungen blähen, nachdem man am Erdboden liegend Schlamm gerochen hatte.

Zu Tausenden ergossen sich entwaffnete Soldaten und Offiziere in die Straßen von Berlin. Auf einen Befehl, der von irgendwo gekommen war – den letzten Befehl für lange Zeit –, hatten sie die schwarz-weiß-roten Kokarden von ihren Mützen und die Schulterstücke von ihren Mänteln gerissen. Ohne Rang noch Unterschied vollzogen die geschlagenen Helden ihren Rückzug ins Vaterland. Kein Grund zur Trauer! Wind von Osten, der Wind der Freiheit umspielte ihre brennenden Schläfen.

Auf dem Potsdamer Platz hatte der bleierne Schauer aufgehört, eine letzte Entladung der Kriegswolken. Die Menge setzte ihren Weg fort, nachdem man für zwanzig Minuten zusammengedrängt worden war. Doch gerade jetzt, wo von neuem der Weg frei schien, wo der Mensch, den der Krieg zur Maschine gemacht hatte, sich endlich als Herr eigener Wahl und Begierden wiederfand, jetzt, wo Odemar sich wenden konnte, wohin er wollte, rechts oder links, gerade jetzt wurde er von würgender Angst gepackt.

Wohin? Was tun? Wen umarmen?
Von der Heimat hatte er nichts zu erhoffen. Sein Vater, der alte, immer noch tapfere Förster Müller, war als Hauptmann der Reserve vor Ypern gefallen. Und seine Mutter hatte Schmerz, Entbehrungen und die Einsamkeit nicht überlebt. Weshalb hätte er in sein liebliches Thüringen gehen sollen, was hatte er dort zu suchen?
Also war er jetzt ohne einen Pfennig in Berlin, mit nichts in der Tasche als dem Eisernen Kreuz und einigen Blutsternen, Auszeichnungen, die er beim ersten Glockenschlag der Niederlage von seiner Ruhmesbrust entfernt hatte.
Sicher, er war ein guter Soldat gewesen, so wie er ein guter Student und ein guter Schüler gewesen war. Seit jenem denkwürdigen Morgen, als Husarentrompeten den romantischen Traum verjagt hatten, der über den Rheinufern hing, war er wieder ein Deutscher geworden. Der geheimnisvolle Einfluß Wilhelm Wanders war wie Opiumrauch verflogen. Was, übrigens, war aus diesem wütenden Verneiner geworden? War er in den ersten Tagen niedergemäht worden, wie so viele der Kameraden? War es ihm gelungen, in ein neutrales Land zu schlüpfen, wie er es immer geplant hatte? Zwischen den beiden jungen Leuten war jegliche Verbindung abgebrochen.
Während des Krieges erhielt Odemar Beförderungen, Belobigungen, Ruhm. Dann, schwer verletzt, verbrachte er lange Monate im Lazarett. Er sah das alltägliche Elend der geopferten Helden vor seinen Augen vorüberziehen – eine so große Armee unbekannter Opfer, daß Walhalla, dieser Invalidendom der Vorväter, die Pforten schließen mußte. Schritt für Schritt begann er von neuem sein schönes Ideal anzuzweifeln. Das Bild Wanders heftete wieder unaufhörlich sein beängstigendes Grinsen an die Siegesmeldungen.

Der Bettnachbar Odemars hieß Zimmermann, er war Redakteur der sozialistischen Zeitung *Vorwärts* und ein wütender Revolutionär, der in seinen Fieberkrämpfen Danton und Jaurès anrief. Solche Namen klangen recht eigenartig in dieser Umgebung. Glücklich, sich als Intellektuelle gefunden zu haben, verbanden sich Odemar und Zimmermann in Freundschaft. Auf Spaziergängen durch den hinter dem Lazarett gelegenen Gemüsegarten lehrte der wie ein Rennpferd mit den Hufen scharrende Sozialist Odemar einen neuen Mythos von Gerechtigkeit und Freiheit für den Menschen, einen Mythos der Revolution. Mystik gegen Mystik, diese hier wog im Laufe der Zeit jene Wanders auf. Und im übrigen sickerte schon das rote Gift durch die gesamte deutsche Armee. Einige Broschüren, Zimmermann hatte sie ihm heimlich unter das Kopfkissen gesteckt, überzeugten Odemar schließlich restlos. Und als sie voneinander schieden, nahm der Redakteur seinem noch etwas schüchternen Schüler, dessen Ernsthaftigkeit er jedoch spürte, das Versprechen ab, ihn unverzüglich aufzusuchen, sobald er in Berlin angekommen sei, freilich hatte er auf so baldige Gelegenheit nicht zu hoffen gewagt.

Und jetzt befand sich Odemar in der Leipziger Straße. War das der berühmte, vor Lichtern funkelnde, vor schönen Frauen gleißende Boulevard, dieser lange graue Tunnel hier, bedeckt mit Massen wie mit einer Lage gepreßten Kaviars? Vom Hörensagen und nach Fotografien kannte er bereits die berühmte Siegesallee, die der erste deutsche Kaiser zum Ruhme seiner Vorfahren errichtet hatte: Alle zwanzig Meter stand ein König oder Prinz von Preußen in affig geschraubter Pose auf einem Sockel aus weißem Kandiszucker und machte Winke-Winke mit der Geschichte. Na, aber war das hier nicht eher die Besiegtenallee? Alle zwanzig Meter baten Versehrte vor den weiten Haustoren oder den Eingängen prunkender Kaufhäuser um Almosen, sie forderten dringlich Bezahlung für ihr Heldentum. Oh, sie verlangten keine Marmorstatue, sondern eine Kupfermünze, die oft genug schwieriger zu bekommen ist. Das waren Schatten von Helden, Fetzen von Männern, Karikaturen von Soldaten, die in einer entwaffnenden Kakophonie ihre makabere Kriegsmelodie auf verhängnisvollen Instrumenten spielten: Militärpfeifen, Trommeln oder Klarinetten. Ein paar Bevorzugte drehten an ihrem Leierkasten. Die Galerie des Entsetzens: Ein flachsblondes Mädchen zog in einem alten Kinderwagen, der sie selbst vor zweifellos nicht allzulanger Zeit gewiegt hatte, einen Stumpf ohne Arme und Beine. Ein paar Meter weiter schaukelte an einem langen Körper ein Kopf, der nur noch eine Kugel aus rosa Fleisch war, ein Loch in der Mitte an Stelle von Nase und Mund. Ein dritter hatte nervöse Zuckungen, die ihn immerzu auf einem Bein tanzen ließen, man spürte, daß er eines Tages stillstehen und augenblicklich tot umfallen würde.

Odemar überlegte, ob er sich in den traurigen Aufmarsch nicht einreihen sollte. Willenlos und ohne Hoffnung ließ er sich seinem Geschick entgegentreiben. Was tun? Wovon leben?

Plötzlich stolperte ihm ein Zeitungsjunge über die Beine, rannte weiter und schrie aus Leibeskräften:

»Der *Vorwärts*! Der *Vorwärts*! Die neue Revolutionsregierung!«

Odemar entsann sich mit einemmal, daß in dieser Stadt ein Freund lebte, dem er etwas versprochen hatte. Glücklich, wieder ein Ziel zu haben, fragte er einen Fußgänger nach der Adresse der sozialistischen Zeitung.

»Sie werden nicht durchkommen«, antwortete dieser. »Außerdem kämpfen sie direkt vor dem Haus. Die Konterrevolutionäre belagern es seit heute morgen.«

»Um so besser!« dachte Odemar, er spürte, wie nach den langen Tagen der Auszehrung und völliger Verlassenheit etwas in ihm in Gang kam.

Als er in der Lindenstraße anlangte, stieß er wirklich auf eine Gruppe Soldaten, die mit aufgepflanztem Bajonett und Handgranaten am Koppel die Straße ungefähr hundert Meter vor dem Gebäude absperrten, in dem sich während dieser makabren Tage das Los Deutschlands entschied. In einer kleinen Seitenstraße knallte eine Salve, und gleich darauf klangen Angst- und Todesschreie wie ein Echo nach.

Aber Odemar gebrauchte unerschrocken die Ellenbogen und schlängelte sich bis zu dem die Abteilung befehligenden Unteroffizier durch. Er ließ seinen Schmiß blutrot glänzen, den er dem Prinzen von Thurn und Taxis verdankte, und erklärte mit der Stimme eines ehemaligen Arminen:

»Ich habe Herrn Zimmermann, dem Redakteur des *Vorwärts*, eine Botschaft des Platzkommandanten zu überbringen.«

Der Soldat war gewohnt, diesem Ton zu gehorchen, und ließ ihn passieren.

Ganz allein auf dieser leblosen und – so schien es – luftleeren Straße, zwischen starren, angstgelähmten Häusern schritt Odemar in seiner zerlumpten, aufgeweichten Uniform voran, das Eiserne Kreuz, ein paar Knöpfe und andere Orden klimperten noch in seiner Hosentasche. Aufrecht und sicher, als habe er Schicksalhaftes zu überbringen, betrat er ohne Zögern das Gebäude. Die enge Treppe summte wie ein Wespennest in einer Felsspalte. Alle Türen standen weit offen, und in den

Zimmern klingelten andauernd die Telefone und regten sich auf. Männer rannten, rempelten einander an, einer packte den anderen keuchend an der Jacke, um irgendeinen Befehl weiterzugeben. Odemar ging durch das Gebäude wie ein Reisender, der friedlich durch das Innere einer Pyramide wandelt. Ein Bürojunge, dem er den Namen Zimmermann zurief, zeigte mit undeutlicher Handbewegung auf eine Tür. Ohne anzuklopfen trat Odemar ein, denn er ahnte wohl, daß in solchen Zeiten die höflichen Sitten ebenso wie die Generalsränge abgeschafft sind, und befand sich plötzlich in einem Beratungszimmer, wo ein Dutzend Männer schreiend und gestikulierend um einen Tisch standen, dahinter saß ein ruhiger Mann, der mit einem Brieföffner in der Hand ein Konzert zu dirigieren schien. Zimmermann. Mit schleppender, beinahe schlaffer Stimme fragte er:

»Genossen, wer bekommt das Innere?«

»Gib es Schenk!«

»Schenk? Zu ehrgeizig. Ich traue ihm nicht.«

»Nimm mich! Ich habe eine eiserne Faust. Morgen sitzen fünftausend Verräter im Gefängnis«, sagte ein kleiner Mann mit rotem Bärtchen.

»So ist es«, sagte Zimmermann lächelnd. »Und du wärst imstande und würdest mich als ersten einlochen.«

Alle lachten laut auf. Der Mann mit dem roten Bärtchen konnte ein Lächeln nicht zurückhalten.

»Gut, ich warte auf Schenks Antwort«, beschloß Zimmermann.

»Halten wir bis dahin das Innere frei. Da ist noch das Gesundheitswesen. Will keiner die Hygiene? Dafür seid ihr euch wohl zu schade. Wir könnten einen brauchen, der im Lazarett zuzupacken weiß.«

In diesem Augenblick sah Zimmermann Odemar wie eine Erscheinung in der Türöffnung stehen. Er erkannte ihn sofort und rief, da er das Paradoxe und Theatereffekte liebte: »Mein Gott Odemar, Sie sind ein Geschenk des Himmels! Ich ernenne Sie zum Volkskommissar für das Gesundheitswesen!«
Erstaunt fuhren alle herum.
Der Mann mit dem roten Bärtchen sah die Uniform und murmelte: »Wohl eher ein Geschenk der Hölle!«
Odemar wurde in das Zimmer gezogen wie in einen Strudel. In dem betäubenden Stimmengewirr, unter all diesen Fremden, die ihn hin und her zerrten, ihn mit ihren Händen und Augen befingerten, kam er sich vor wie auf einem Jahrmarkt. Wenn Zimmermann eine solche Entscheidung traf, war dieser Unbekannte ein bedeutender Mann. Und trotz der Zweifel, die jeder mit Recht hegte, wagte niemand, sich dem plötzlichen Einfall des Chefs zu widersetzen. Man befand sich in Revolutionszeiten, da waren Wunder geboten.
Zimmermann stellte Odemar in wenigen Worten seinen zukünftigen Kollegen vor. Er konnte sie davon überzeugen, daß ein Offizier, der, eben von der Front zurückgekehrt, in seinem ruhmreichen Waffenrock dem revolutionären Kabinett beitrat, schnell das Vertrauen des Volkes gewinnen würde. Die Massen malten sich gerne solche Geschichten aus, das durfte man nicht vergessen.
So fand sich Odemar für die Revolution rekrutiert, ohne daß man ihn nach seiner Meinung gefragt hätte. Odemars Verstand war geschmeidig und anpassungsfähig, er konnte sich schnell in neuen Situationen zurechtfinden und ihnen überzeugende Argumente abgewinnen. An die Revolution zu glauben fiel ihm keineswegs schwer. Die theoretische Schulung war denkbar ein-

fach. Es wäre auch abwegig, wenn einer, um in unruhigen Zeiten Minister zu werden, erst ein Marx-Studium absolviert hätte, um herauszufinden, auf welche Weise der Kaiser hinzurichten war! Dazu genügten gesundes Urteilsvermögen und heilige Begeisterung vollauf. Sofort bewegte sich Odemars Denken in dem Rahmen, den das Leben ihm vorgab. Man kann auch sagen, er richtete es am jeweiligen Tagesbefehl aus. Denn wie er, den Dogmen Fichtes und Treitschkes folgend, die Apostel des allumfassenden Germanentums angebetet hatte, um sich später demütig zu einem dunklen Mystizismus der Gotik und des Mittelalters zu bekehren, ebenso redete er sich jetzt mit erstaunlicher Leichtigkeit ein, daß die moderne Welt nur durch die Ankunft eines neuen Symbols gerettet werden konnte. Das Symbol der allgemeinen Liebe, der Brüderlichkeit und der Befreiung aller Unterdrückten.

Übrigens teilte die Mehrheit der deutschen Intellektuellen Odemars Geisteshaltung.

Nach dem Anfall tödlichen Hasses überwältigte ein Liebesrausch das Land. Plötzlich entdeckte man Mitleid, Gerechtigkeit, Güte, man schrieb diese Tugenden groß. Millionen menschlicher Wesen hatten vier Jahre hindurch Mörder gespielt, alle Arten von Göttern angefleht, sie möchten den Feind auslöschen, hatten die Schreie getriebener Bestien ausgestoßen, hatten gesehen, wie Blut aus jugendlichweißer Brust spritzte, hatten noch warme Leichen mit Fußtritten bedeckt und ihre Despoten angebetet. Auf einen Schlag behaupteten diese Millionen Geschöpfe, daß all dies Unrecht, dumm und verhängnisvoll gewesen sei. Wie war dieser Sinneswandel möglich? Ein paar Zeitungsartikel, ein paar Versammlungsreden hatten das Wunder bewerkstelligt. Und siehe, man gründete eine politische Partei mit Namen »Partei der Güte«, man entdeckte beredte, Selbstlosigkeit fordernde Appelle in den Werken vergessener Dichter, das arbeitende Volk war von einer Aureole umgeben, und das geringste der kleinen Dienstmädchen ward einer Heldin gleich.

Im Einklang mit dieser neuen Geisteshaltung wollte Zimmermann die Mitarbeiter für sein Revolutionskabinett auswählen. Neben einigen Technikern, einigen Parteiführern und einigen Arbeitern hatte er auch zwei Intellektuelle berufen, deren Ideen dem letzten Schrei entsprachen, einen Psychiater und einen Dichter. Letzterer hieß Ehrenlaub und landte im Krieg wegen eines Artikels im Gefängnis, in dem er die Einsetzung einer »Republik der Besten« nach Platon und die Abschaffung der Monarchie predigte. Als er sich nun am revolutionären Kabinett beteiligte, wollte er Deutschland zu einer Orgie der Freiheit, zu Ausschweifungen der Güte laden, zur Trunkenheit in Idealismus und sozialer Gerechtigkeit. Alles mußte anders werden! Eine ›Umwertung der Werte‹ galt für alle Bereiche, die Liebe ebenso wie für die Ethik. Er träumte davon, das Wort »Menschenliebe« an jeder Straßenecke, jeder Wand und jeder Brücke anschlagen zu lassen, und wollte die Reklamesprüche für Schönheitsartikel oder Zigaretten durch »Liebet einander!« ersetzen.

Der andere designierte Minister war Dr. Sahar, ein berühmter Arzt, der in Berlin als einer der ersten Psychoanalytiker sowie als feuriger Revolutionär Aufsehen erregt hatte. Noch unter dem alten Regime trafen sich in seinem Salon Persönlichkeiten aus allen Lagern, und in Krisenzeiten waren kaiserliche Beamte froh, dort wie auf neutralem Gebiet die roten Führer zu treffen, die sie offiziell nicht kennen durften, sondern zu bekämpfen hatten, jetzt aber kirre zu machen oder zu betrügen

suchten. Auf der anderen Seite war Dr. Sahar dabei, die wissenschaftliche Welt in Erstaunen zu versetzen.
Als er sah, daß man in Deutschland den »Ödipuskomplex«, der so viele Frauen zerrüttet hatte, schon ein wenig müde wurde, veröffentlichte er als Ersatz eine neue Theorie, die des »Minderwertigkeitskomplexes«. Sie besagte, daß die Reibungen zwischen Individuen, Haß, Wut, Eifersucht und so weiter, daher kamen, daß mancher in seiner Jugend von tyrannischen Eltern bestraft, von Kameraden, die stärker als er waren, oder von ungerechten Schulmeistern unterdrückt worden war und deshalb für den Rest seines Lebens von der Vorstellung seiner Minderwertigkeit verfolgt wird und nur noch ein Ziel kennt: entweder sich zu entziehen oder sich zu rächen. Dr. Sahar behauptete, daß dies für Individuen wie für Völker gelte und daß dies die Hauptursache für Kriege sei. Nur wenn man die Nationen von ihrem Minderwertigkeitskomplex befreie, können allgemeiner Friede und Weltgesundheit ein natürlicher und dauerhafter Zustand werden.
Als sie das *Vorwärts*-Gebäude verließen, kümmerte sich Dr. Sahar emsig um Odemar, der ihm sehr gefiel, und lud ihn ein, den Abend bei ihm zu verbringen. Odemar zeigte ihm seinen Waffenrock in Fetzen, die klobigen Kampfstiefel, seine leeren Taschen, und lachend brachte der Arzt ihn in seinem Automobil zu seinem Schneider, dem Herrenausstatter, dem Barbier. In weniger als einer Stunde war der Soldat des Kaisers in einen eleganten Revolutionär verwandelt, leicht romantisch, mit blassem, melancholischem Gesicht und gewelltem Haar, so wie sich Sahar, der ein wenig snobistisch war, einen Adepten Rousseaus vorstellte.
Der berühmte Psychiater verkörperte den Juden von Welt: ein feiner Kopf mit eiförmig gewölbter Stirn, zwei

großen, antilopenbraunen Augen, deren Feuer durch eine Goldbrille gedämpft wurde, einer sehr edlen und stolzen Nase und zu roten, außerordentlich sinnlichen Lippen. Über all dem war eine Maske von Liebenswürdigkeit, Herzlichkeit, sogar Güte, alles Tugenden, die er seiner Intelligenz verdankte, denn in seinem Wesen waren sie keineswegs verwurzelt.

Er hatte eine Mätresse, Frau Finkelstein, die Frau eines sehr wohlhabenden Immobilienmaklers. Dr. Sahar hatte sie bei der Analyse erobert, als er sie von sich selbst befreite, indem er ihr einen Traum auf so herkömmliche Weise deutete, wie es auch eine Vorstadtkartenlegerin hätte leisten können. Frau Finkelstein, die sich bei ihrem Mann langweilte, widmete sich Dr. Sahar durchaus in dem Bewußtsein, daß hinter seinem Auftreten eines Träumebändigers ein schwacher, sanfter Mann steckte, ein Unglücklicher, der mehr noch als seine Kranken unter einem »Komplex« litt. Und nachdem Frau Finkelstein sich bei ihm niedergelassen hatte, war es ihr gelungen, ihm allein mit den Waffen des weiblichen Instinkts zu suggerieren, wie sehr er es war, der sie brauchte, denn sie würde ihm nicht nur Mätresse, sondern auch »Mutter« sein, daß heißt jene, die (nach Freud) jeder Mann immerzu in der geliebten Frau sucht. Und wirklich konnte man an ihr einige Ähnlichkeit mit der vergilbten Fotografie entdecken, die der Psychiater, auch ein wenig auf Wirkung bedacht, auf seinem Schreibtisch stehen hatte und die seine gute Mama darstellte, wo man doch das Bildnis irgendeiner jungen Schauspielerin erwartet hätte.

Frau Finkelstein hieß Nora, denn sie war zu einer Zeit geboren, in der die Hysterie von Ibsens Heldin allen Familienvätern den Kopf verdreht hatte, dabei hatte sie freilich nicht das Äußere einer großen Liebenden. Alle

Deutschen erwarten, daß einmal in ihrem Leben eine hochmütige und grausame *Femme fatale* ihren Weg kreuzt, die Nietzsches Reitpeitsche liebt und verdient. Aber Nora gehörte nicht zu dieser Art Frau. An ihr war alles rund, der Kopf, die Nasenspitze und der Oberkörper, sie hatte kurz geschnittene Locken, feine Grübchen und braune Augen, die rund wie alles andere an ihr waren, vor Staunen rund, rund vor Sanftmut und Güte, immer feucht vor Zärtlichkeit, immer bereit, ein paar runde Tränen zu vergießen: die Augen einer kleinen treuen Hündin. Oh, wie bezaubernd und sogar anrührend wäre diese Frau gewesen, hätte sie sich über eine Wiege gebeugt, umringt von einer schreienden, sich an ihre Schürze klammernden Kinderschar. Doch leider, Nora war Berlinerin und hatte die Psychoanalyse entdeckt!
Sie war sogar aus Berlin W., das heißt: sehr auf dem laufenden, von den Sehnsüchten der modernen Menschheit durchdrungen. Damals zirkulierte eine Vielzahl von Theorien, die auf den neuen Erkenntnissen über das Unbewußte und Unterbewußte beruhten und die Form von Gesetzen annahmen. Die Freie Liebe, das Aufblühen der Individualität, der Libidokult. Liebesbeziehungen waren metaphysisch und metapsychisch durchtränkt. Man wollte zu den Tiefen des Seins gelangen, und zu diesem Zweck waren absolute Freiheit in der Liebe und eine anarchistische Theorie des Ehelebens angebracht. Die Psychoanalyse als neue Weltreligion predigte feierlich eine verstiegene Amoralität. Jeder hatte das Recht, wenn nicht sogar die Pflicht, sein Ich zu erforschen, es wie eine seltene Blume zu hegen und wenn einen ein Mißgeschick oder Unbehagen plagte, die Gründe dafür in der blinden Unschuld der eigenen Kindheit zu suchen, wenn nicht sogar in der mütterlichen Brust.

Nora hatte auf Männer einen unbegreiflichen Einfluß. Dr. Sahar unterwarf sich ihr wie ein kleiner Junge. Er hatte die fruchtbare und befruchtende Mutter in ihr wiedergefunden. Sein Geschlecht döste im Schatten ihrer lieblichen weißen Arme, um so besser konnte er sich geistiger Gymnastik widmen. Seit Frau Finkelstein über ihn wachte, arbeitete er ernsthafter und entschlossener. Seine Arbeiten gewannen an Tiefe. Zusätzlich nahmen erstaunlicherweise seine Beziehungen einen bisher ungekannten Aufschwung. Sein Salon fand großes Interesse, sein Name stand in den Zeitungen, und sicherlich hatte er die Ehre, zum Minister ernannt zu werden, Noras Unternehmungsgeist zu verdanken. Doch durch welchen Bann blieb auch Finkelstein, der verlassene Ehemann, an Nora gebunden? Er war das genaue Gegenteil von Dr. Sahar. Ein oberflächlicher Geschäftsmann, beinahe grob, pflegte er weder seine Erscheinung noch seine Konversation, er war impotent und besaß nicht einmal die Weisheit des Herzens. Finkelstein war reich und hätte sich mit irgendeinem gut erzogenen Bürgermädchen über die Untreue seiner Frau hinwegtrösten können. Doch die Erinnerung an Nora summte wie eine Wespe um seinen dicken, glatten Kopf, der völlig kahlgeschoren und mit Beulen bedeckt war, wie man es oft in Deutschland sieht. Saß er im Büro mitten in einer wichtigen Geschäftsangelegenheit oder bei einem Telefonat, dann stellte er sich vor, Noras durchdringende, herrische Stimme zu hören, und konnte sie nicht mehr aus seinen Ohren verjagen. Das Tier surrte in seinem Schädel. Kopflos und ergeben war er Nora verfallen, erfolgreich hatte sie ihm eingeredet, daß sie ihn der Psychoanalyse und nicht eines Mannes wegen verlassen hatte. Sie übten weiterhin gute Freundschaft.

Jeden zweiten Donnerstag dinierte Nora bei ihrem verflossenen Gatten, er deckte den Tisch wie für eine neue Braut, verteilte in allen Vasen Orchideen, ihre Lieblingsblumen, und bestellte beim Feinkostgeschäft Hiller, was es dort vom Besten gab.
Dr. Sahar stellte seiner Mätresse Odemar Müller vor: »Unser Minister für das Gesundheitswesen!«
Odemar führte Noras kleine, gepuderte Hand an seine Lippen. Einen Augenblick lang herrschte Neugierde unter den Gästen des Psychiaters. Der Salon war luxuriös und mit vollendetem Geschmack eingerichtet, ein Eindruck, den die sparsam verteilten, jedoch hervorragenden Kunstwerke noch unterstrichen.
Frau Finkelstein ahnte sofort, daß dieser Mann eine Rolle in ihrem Leben spielen würde, diesen Typ hatte sie noch nicht in ihrer Sammlung von Liebhabern. Unterdessen stellte sie ihm, um ihn besser beobachten zu können, einigen Persönlichkeiten vor, die sich in ihrer Nähe befanden, und zog bei einigen Vertrauten Erkundigungen über den jungen Conquistador ein, bevor sie ihn in Angriff nahm.
Ein kleiner Mann um die vierzig nutzte einen Augenblick, als Odemar alleine stand, und ging auf ihn zu. Sein Kopf war mit einem Moos junger Haare bedeckt, so daß sein Gesicht mitten in die Stirn rückte, er war kurzsichtig, und ein Kneifer ritt auf seiner schmalen Nase, die dünn wie eine Rasierklinge war. Er stellte sich vor:
»Dr. Grimmelbach! Entschuldigen Sie, Exzellenz, haben Sie schon ein Programm ausgearbeitet? Haben Sie den Einfluß untersucht, den ein Geschäftsbereich wie der Ihrige zum Wohl und Ruhm der Revolution auf die Gesellschaft ausüben kann? Seit zehn Jahren untersuche ich diese Frage und habe manchen Artikel im *So-*

zialistischen Monat veröffentlicht. Haben Sie schon einen Staatssekretär ernannt? Nehmen Sie mich! Mein ganzes Leben hängt an dieser Hoffnung. Und ich kann Ihnen heute abend noch ein vollständig ausgearbeitetes Programm in die Hand geben, das in der Geschichte der Völker Epoche machen wird. Nehmen Sie nur einen Punkt von zwanzig weiteren.« (Dr. Grimmelbach zögerte einen Moment und musterte sein Gegenüber.) »Interessieren Sie sich für die Prostitutionsfrage? Hier haben wir einen der wesentlichen Punkte für eine wirklich revolutionäre Gesetzgebung. Bis heute sieht die kapitalistische Gesellschaft in den Prostituierten schädliche, wenn nicht kriminelle Elemente. Dabei wurde die gewerbsmäßige Prostitution der Frau nicht immer verachtet. Die Hetären waren in Griechenland Frauen von großer Schönheit und lebhafter Intelligenz, zwar ernährten sie sich, indem sie ihre Körper hingaben, wurden aber hoch geehrt. Wer auch immer im westlichen Kapitalismus Arbeit gegen Geld verkauft, prostituiert sich. Die kapitalistische Gesellschaft beruht auf der Prostitution aller, sie beschneidet den Menschen in seiner Persönlichkeit. Wir müssen also den Frauen, die ihre Liebe zu verkaufen gezwungen sind, ihre Würde zurückgeben, denn solange es Männer gibt, wird es auch Prostituierte geben. Im übrigen ist eine Geldheirat nichts anderes als Prostitution. Ein freier Staat, dessen Anliegen eine bessere Moral ist, muß es sich zum Ziel setzen, den Prostituierten ihre Menschenwürde wieder zurückzugeben; indem er zuerst die häßliche und heuchlerische Registrierung abschafft, sodann eine Gewerkschaft der Freudenmädchen gründet und ihnen gleichzeitig ein Gewerkschaftshaus einrichtet, wo den Freudenmädchen von ihnen selbst bezahlte Fachärzte zur Verfügung stehen und wo sie alle Mittel zur Bekämpfung ihrer Krankheiten vorfinden. Ich würde auch die staatliche Gründung einer ›Versicherung gegen venerische Krankheiten‹ vorschlagen. Diese Geißel haben uns frühere Generationen übertragen, und bis zu dem Tag, an dem man sie in Europa ausgerottet hat, wird die Gesellschaft in ihrer Gesamtheit die Verantwortung für sie tragen müssen. Schließlich wäre die Errichtung eines Altersheims für Freudenwitwen ab einem bestimmten Alter...«

Solche Worte wurden in Dr. Sahars Salon gern gehört, denn er galt als riesiges Ideenlabor. Frau Finkelstein öffnete allem, was neu war und zukunftsträchtig war, Tür und Tor. Bei ihr war lange vor dem Umsturz, noch während die Generale erstaunliche Siege erfochten, zum ersten Male das Wort »Revolution« geflüstert worden. Dabei hatten Anwälte darauf geachtet, daß die Reden nicht zu radikal wurden, und manchmal plauderte ein in Ungnade gefallener Admiral Staatsgeheimnisse aus. Nora hat aus der Kriegsgefangenschaft entflohenen Serben Tee und Gebäck gereicht und russische Kommunisten bewirtet, die gerade aus der Schweiz kamen. Hier, in diesem Salon hatten Künstler des Staatstheaters in den schwärzesten Tagen von Douaumont Gedichte von Péguy und Claudel rezitiert.

»Eine grandiose, eine klassische Idee!« applaudierte Frau Finkelstein dem Referat von Dr. Grimmelbach, sie, die gewiß noch nie eine echte Prostituierte aus der Nähe gesehen hatte.

Einige gewichtige Herren nahmen sofort die Diskussion über die Versicherung gegen venerische Krankheiten auf.

Frau Finkelstein zog Odemar in einen stillen Winkel: »Sie werden große Taten vollbringen, mein Herr. Übrigens haben Sie alles, was zu einem Helden gehört. Und was ist das, eine Kriegsnarbe?«

»Nein, meine Dame, ich verdanke diesen Schmiß der Hand des Prinzen von Thurn und Taxis«, antwortete Odemar errötend. Auch wenn man seit einigen Tagen die Throne Deutschlands, große wie kleine, mit Getöse und unter dem Geschrei der Bürger einstürzen sah, war Nora doch lebhaft bewegt, einem Mann gegenüberzustehen, dem solche Ehre zuteil geworden war. Sie betrachtete Odemar näher. Welch ein Arier! Welch martialische Statur! Und so blond! Wirklich, ein in ihrem Salon seltenes Exemplar. »Der Mann schlechthin!« empfand sie verwirrt. »Welch souveräne Ruhe!«, und zwei Sekunden lang verglich sie ihn mit den Männern, über die sie geherrscht hatte. Sahar, dieser überspannte Intellektuelle; Finkelstein, dieser kraftlose Rohling; dieser selbstgefällige Rechtsanwalt, jener verlogene Musiker, alles Waschlappen und nur halbe Männer.

Und als sich Odemars Schmiß rötete, karmesin- und zinnoberrote Töne annahm und so sein energisches Gesicht wie ein Blitz durchfurchte, überlegte sie, ohne es sich einzugestehen: »Würde dieser Mann mich schlagen?«

Um ihre Ergriffenheit zu überspielen, wandte sich Nora Zimmermann zu und zog ihn zur Anrichte.

Sofort löste sich aus einer benachbarten Gruppe ein recht großer Mann mit dem Gesicht eines Offiziers a. D. Er trug einen Kaiser-Wilhelm-Bart (den letzten Deutschlands), und sein Cutaway war so schlecht geschnitten, daß die Schöße fast gegen die Absätze seiner Stiefel schlugen, sein Hals steckte in einem zehn Zentimeter hohen Kragen, den die Hersteller selbst nicht ohne Ironie »Vatermörder« getauft hatten. Er verbeugte sich förmlich:

»Dr. Eisenmantel. Ehemaliger Fuchsmajor der Thuringia, heute Direktor des Hauses O. F. Eisenmantel & Co. Sanitärbedarf. Krankenhausmöbel. Porzellan. Email. Gußeisen. Exzellenz, ich hörte gerade, daß Sie ein Altersheim für Prostituierte zu gründen gedenken. Für eine revolutionäre Regierung wäre dies die genialste Neuerung. Sicherlich wird man bei einer solchen Einrichtung des öffentlichen Wohls das Augenmerk zuerst auf hygienisch unanfechtbare Installationen richten. Ich denke an Wasserklosetts, die mit dem neuesten Komfort ausgestattet sein müßten, etwa einer Kleinstbibliothek, die ausgewählte Werke Bocaccios enthält, aber auch Maupassant und den berühmten Marquis de Sade. Das versteht sich von selbst. Zusätzlich muß für jedes Zimmer vor allem die Installation eines Bidets in Betracht gezogen werden. Nun, wir werden in Kürze ein neues Modell aus Steingut auf den Markt bringen, das mit Rosen verziert ist. Es wurde im Hinblick auf die Wiederbevölkerung entwickelt und patentiert. Am Boden der Schüssel ist ein besonderer Hahn angebracht, aus dem in senkrechtem Strahl eine Flüssigkeit nach oben schießt, die garantiert gegen alle Krankheiten schützt. Ich brauche, Exzellenz, nicht zu erwähnen, daß, gesetzt der Fall, unser Haus erhielte den Auftrag für diesen hochmodernen Artikel und dürfte so an den sozialen Errungenschaften der Revolution Anteil haben, daß in einem solchen Falle fünfzehn Prozent des Gewinns zu Ihrer Verfügung stünden und daß wir...«
Doch Frau Finkelstein erschien in diesem Augenblick und nahm Odemar bei der Hand:
»Ich muß unbedingt Ihr Horoskop erstellen. Ich bin fürchterlich abergläubisch. Und wenn mich jemand interessiert...«
Mehr bekam Dr. Eisenmantel nicht zu hören.

Das Kabinett Zimmermann erblickte indessen nie das Tageslicht. Vorausschauend hatte man es zwar theoretisch zusammengestellt, doch am nächsten Tag erfochten die Konterrevolutionäre einen Sieg, und nach weiteren politischen Ereignissen, die uns hier nicht interessieren, sahen die Dinge völlig anders aus.

Odemar Müllers schöne Illusionen verflogen. Doch eigentlich war es für ihn das Beste. Seine neuen Kollegen hatten nämlich noch am selben Tag Erkundigungen über ihn eingezogen, und ohne große Mühe hatte man herausgefunden, daß der zukünftige Volkskommissar für Gesundheit, der Zimmermanns Stirn entstiegen war wie Pallas der des Zeus, nicht gerade eine fleckenlose Vergangenheit aufzuweisen hatte. Schon bereiteten die »Reinen« der Partei gegen den ehemaligen Arminen eine so heftige Kampagne vor, daß der »Chef« wohl gezwungen gewesen wäre, ihn fallenzulassen, und Dr. Sahar sich die Haare raufte, weil er ihn am Abend zuvor in seinem Salon so herausgestellt hatte.

Nun, keine Katastrophe, die nicht auch ein wenig Glück bringt.

Nicht ohne Grund wandten sich die Revolutionäre von Odemar ab, doch dieselben Argumente erfochten ihm Noras Gunst. Ein hundertprozentiger Arier, ein junger, mit Ruhm bedeckter Held, in dem jedoch der Zweifel wohnte, ein aus den Zeiten der Kreuzzüge herabgestiegener Mystiker, der einen Schmiß von der Hand eines von Thurn und Taxis vorzuweisen hatte, und dann noch sein durchdringender Blick – all das hatte Noras Herz ergriffen. Das Schlimme war geschehen, man mußte es ertragen. Und als überlegene Frau ergriff sie für ihr Herz Partei, gegen die Partei ihres derzeitigen Freundes.

Als Odemar sich am Abend empfahl, flüsterte sie ihm

ins Ohr, daß sie ihn am Samstag zur Teestunde erwarte, um, wie sie vorgab, noch einmal sein Horoskop zu befragen, ob der Republik unter seiner Herrschaft Glück beschieden sei (die Republik war sie).

Drei lange Tage des Wartens (bis Samstag) stellten Nora auf eine schreckliche Probe. Vergeblich bemühte sie sich, nicht allzu oft an Odemar zu denken. Dazu kam, daß Dr. Sahar selbst Nora auf unüberlegte Weise dem blonden Siegfried in die Arme trieb, indem er ihn mit den schlimmsten Unterstellungen und mit Hohn überhäufte. Sie verteidigte den Abwesenden aus purem Widerspruchsgeist, und zu jedem Topf einen Deckel findend, kritisierte sie zuerst die Kleingläubigkeit der Revolutionäre, dann ihr Handeln, schließlich ihre Doktrin. Der Streit entzündete sich mehr und mehr. Am Ende richtete sich Noras ganze Wut gegen Dr. Sahar, der für sie jetzt in seiner Person alle Feinde ihres Schützlings verkörperte, und es gab zwischen den beiden eine laute und für ihre Verbindung verhängnisvolle Szene. Dr. Sahar fehlte es, so sehr er auch Psychiater war, an psychologischem Fingerspitzengefühl, und seine Wissenschaft wog nicht schwer gegenüber dem gebieterischen Gefühl der Liebe, das alle sachkundigen Argumente hinwegfegte, die ihm den Weg verstellten.

Die folgenden Tage beschäftigte sich Nora damit, systematisch ihre Gefühle für Dr. Sahar zu zertrümmern, sie trug so viele Vorwürfe gegen ihn zusammen, daß er ihr vollkommen gewöhnlich und lächerlich vorkam. So löste sie sich von seinem Einfluß.

Dann sahen sie sich am Samstag, und Noras Entschluß war gefaßt. Als Odemar das Zimmer betrat, hatte sie eine Vision, die sie vom Scheitel bis zur Sohle erzittern ließ.

Sie träumte sich nämlich in einem der hübschen kleinen Berliner Parks, die den neuen Vierteln dieser Vampir-Stadt eine eigenartige Poesie verliehen. Nora, sieben Jahre alt, spielt bei dem Becken eines Springbrunnens, das mit Seerosen übersät ist. Plötzlich entgleitet ihr das Stöckchen, mit dem sie ihren Reif vor sich her getrieben hat, und fällt mitten in das Becken zu den Goldfischen. Das Mädchen beginnt heftig zu weinen, die Vorübergehenden schmunzeln, doch keiner kommt ihr zur Hilfe. Jetzt rennt ein kleiner Junge herbei, der unter der Aufsicht eines Kindermädchens spazieren ging. Er trägt einen schönen Matrosenanzug mit langen Hosen, weißem, in blaue Borten gefaßtem Kragen und einem goldgestickten Anker auf dem linken Arm. Er springt auf den recht niederen Rand des Beckens und rutscht ins Wasser, um das Stöckchen zu holen. Einen Augenblick später reicht er es dem tränenüberströmten Prinzeßchen wie einen Stengel ohne Blüte, zieht die Mütze und rennt mit nassen, an den Beinen klebenden Hosen zurück zu seinem Kindermädchen. Ein kleiner, hellblonder Junge mit hellblauen Augen und reiner Stirn. Das Bild Odemars, des jungen, arischen Helden!

Dr. Sahar wußte nichts von diesem Tagtraum, sonst hätte er sicherlich begriffen, in welcher Verfassung sich Nora befand; vor allem hätte er darauf hingewiesen, daß der kleine Matrose ihr mit dem Stöckchen symbolisch seinen Phallus anbot.

Nora dachte keuscher und nahm diese Vision für einen Wink des Schicksals.

»Odemar«, sagte sie, als er ihr die Hand küßte, »was für ein schöner Name. Odemar! Doch weshalb Müller? Alle besitzen zwei, lediglich Prinzen begnügen sich mit einem einzigen!«

»Nun, dann soll meine Königin wählen, welcher ihr gefällt«, antwortete er galant.

»Jeder Kanzler darf Müller heißen, jeder Musiker Wagner, jeder Dichter Meyer. Ich wünsche aber, daß Sie ein Held werden, und Ihr Name soll in Deutschland einzigartig bleiben. Seien Sie ganz einfach Odemar. Etwas fehlt mir freilich noch, dieses gewisse Etwas, das jede wirkliche Persönlichkeit in Deutschland vollkommen macht. Weshalb sind Sie nicht Doktor? Was ist heute schon ein Mann ohne Doktortitel? Ohne ihn gehört man nur zum passiven, grauen Plebs. Mit Doktortitel erzwingen Sie den Erfolg, entwaffnen Sie die argwöhnischen Menschen, und Sie erweisen jedem Oberkellner und jedem Barbiergehilfen eine große Ehre, indem Sie ihm erlauben, eine Persönlichkeit mit Titel zu bedienen. Die Revolution will Adelstitel abschaffen, doch im deutschen Volk wird sie auf großen Widerstand stoßen. Wer besäße denn heutzutage Mut und Anmaßung genug, ohne Doktortitel eine Rolle im öffentlichen Leben zu spielen? Welche Frau wird Sie lieben, wenn sie nicht ›mein süßer, kleiner Doktor‹ sagen darf? Siegfried und Roland wären Doktoren, wenn sie heute zurückkämen. Übrigens ist der Kronprinz auch Doktor. Ihr Prinz von Thurn und Taxis, der Sie geheiligt hat, ist sicher auch Doktor. Mein kleiner Odemar, ich liebe Sie, ich weihe Sie hiermit zum Doktor!« Bewegt fiel sie in seine Arme. Da sie viel kleiner war als er, drückte sie ihre Nase auf seine Krawatte, und ihr zerzaustes, so schön gelocktes Haar liebkoste den Mund des heftig atmenden jungen Mannes.

Er war nur einen Augenblick lang erstaunt. Bald begriff er, daß er eine wichige Rolle zu spielen hatte. Lächelnd beugte er sich zu Noras Ohr:

»Ausgezeichnet, meine liebe Freundin. Doch jetzt,

nicht wahr, werden Sie als erste meinen Namen leise murmeln, ganz einfach und ohne Titel.«
Sie errötete. Plötzlich kam sie sich klein vor, ein kleines Kind, das in Seufzern erstickend an eine eherne Mauer geschmiegt war, den weißen Panzer eines Halbgottes. Odemar drückte ihre so weichen Arme, ihre so süßen Brüste, und bevor er seine Beute packte, sagte er sich: ›Hauptmann und Stresemann haben immerhin auch Jüdinnen geheiratet.‹

Noch am selben Abend verließ Frau Finkelstein in Odemars Begleitung Dr. Sahars Haus. Sie nahm nur einen Koffer, ein wenig Schmuck und ein paar Fotografien mit. In einem Brief erklärte sie ihrem ehemaligen Lebensgefährten (denn sie glaubte jetzt, zum ersten Mal zu lieben), sie verließe ihn, da sie nicht mehr an die reine Psychoanalyse glaube. Es mußte etwas anderes, Unausgesprochenes für sie geben, etwas, über das sie sich jetzt nicht auseinandersetzen wollte.
Die zwei Liebenden bezogen eine Luxussuite im Hotel Adlon. Auf das Bett deutend, erzählte ihnen der Hotelboy, an diesem historischen Fleck hätten schon die Duse und D'Annunzio, die Prinzessin von Sachsen und Toselli, Mata Hari und der Prinz von Hohenlohe, der Graf Eulenburg und Wilhelm II und so viele andere berühmte Liebespaare des zwanzigsten Jahrhunderts miteinander geschlafen.
»Sie kennen unsere Namen?« vervollständigte Nora das Register. »Ich erlaube Ihnen, sie in Ihrem goldenen Buch anzufügen: Frau Finkelstein und Dr. Odemar.«
Nachts träumte sie in den Armen ihres Wälsungen, ein Adler trage sie in die Wolken. Es war der deutsche Adler, der schreckliche, wunderbare Adler, den sie seit frühester Kindheit kannte, derselbe, der seine bunten Flügel auf Briefmarken entfaltete, auf dem Zollsiegel, dem Koppelschloß der Soldaten, den Mützen der Kürassiere in Gala – und Noras Lockenkopf ruhte auf seiner Brust, deren Kraft sie förmlich roch. Am Morgen sprang sie als erste aus dem Bett, sie trug einen Pyjama aus schwarzem Tüll, durch den ihre weißen Formen schimmerten.
»Wir müssen nun unsere Liebe organisieren. Die berühmtesten Götter der Mythologie und sogar die der modernen Geschichte hatten Kapital hinter sich. Diese

revolutionären Dummköpfe haben es nicht geschafft, sich an der Macht zu halten und dir dein Ministeramt zu lassen. Selbst wenn alles Kapital konfisziert worden wäre, hätte es dir nur noch die Gewinnbeteiligung der Firma Eisenmantel und Co. eingebracht. Wir müssen uns also wieder dem alten Regime anpassen. Ich möchte, daß du von jeder materiellen Sorge frei bist, mein kleiner Ganymed: Weißt du übrigens, daß ich von Adlern geträumt habe? – Nein, erschrick nicht! Und vor allem keine moralische Szene! Du wirst sehen, ich mach' das schon!«

Sie nahm den Telefonhörer auf, er war aus Onyx gefertigt, sah aus wie ein Ohr, ein Gottesohr, Ohr der Welt, und verlangte eine Nummer.

»Hallo, bist du's, Finkelstein? Hör zu, ich habe eine große Neuigkeit! Ich habe Dr. Sahar fallenlassen!«

Da geschah etwas Gewaltiges, vielleicht eine Explosion im Büro des Immobilienmaklers in der Potsdamer Straße oder auch im Herzen des Mannes am anderen Ende der Leitung, denn statt einer Antwort donnerte es in den Hörer wie aus den Tiefen der Erde.

»Hörst du mich?« fragte Nora. »Verstehst du mich?«

Jetzt kam es wie der Seufzer eines Ertrinkenden aus der Leitung.

»Mein Schatz, ich zittere, ich verstehe. Was sagst du?«

»Ich habe Dr. Sahar verlassen!«

»Oh, meine liebe, kleine Nora!«

»Ich schwöre der Psychoanalyse ab!«

»Wie gut du bist!« antwortete Finkelstein.

»Und ich habe einen neuen Liebhaber, der dir Freude bringen wird!«

»Was?«

»Einen Liebhaber! Einen echten Liebhaber, von dem du fast nichts zu befürchten hast. Verstehst du?«

»Ich fürchte, ich verstehe!«
»Ich möchte ihn dir vorstellen. Ein wirklich beachtlicher Junge, du könntest stolz auf ihn sein! Dürfen wir dich heute mittag besuchen?«
Erklären wir zunächst, was Herr Finkelstein zu verstehen fürchtete und sich doch erhoffte.
Im allgemeinen tut man gehörnten Ehemännern unrecht, erklärt man sie für Dummköpfe. Im Gegenteil, sie sind die letzten Diplomaten auf dieser Welt. Denn oft genug ist der Betrogene der bessere Betrüger. Ein Ehemann, der die Augen schließt, hat viel gesehen. Ein Weiser mit sterblichem Herzen fordert nichts, was immer währt, nicht einmal Treue.
Herr Finkelstein hatte sich im Spiegel betrachtet. Er hatte ebenso genau in die Augen seiner Frau gesehen. Er hatte sich gesagt: Ich werde ihr die Freiheit lassen, um sie an mich zu binden. Denn gehörnte Ehemänner gewinnen immer, wenn sie Geduld haben. Die Zeit arbeitet für sie. Geliebte werden älter. Verträge halten lange.
Nun hatte sich zu Finkelsteins großer Verzweiflung seine Frau Nora nicht in einen Mann vergafft, sondern in die Psychoanalyse. Das war ernst, ein schwerer Schlag für ihn. Es war durchaus unsicher, wohin das führte. Um sein Unglück noch zu vervollständigen, hatte diese Gottheit einen Stellvertreter auf Erden, genauer gesagt, in Berlin, Dr. Sahar! Sahar! Finkelstein kannte ihn seit langem, er kannte ihn noch von der Schulbank, sie waren dort immer Rivalen gewesen. Eine alte Rivalität, die seit Jahrhunderten zwei unterschiedliche jüdische Rassen trennt, war zwischen ihm und dem Streber Sahar wieder aufgeflammt. Finkelstein, der osteuropäische Jude, und Sahar, der spanische, der Sepharde, der sich eben darum vornehmer und feiner wähnte. Über-

dies entsprach es der Wahrheit. Wenn man die beiden Männer verglich, mußte man Sahar recht geben. Als Jungen hatten sie sich wütend auf dem Schulhof gebalgt, und die Schar der kleinen christlichen Deutschen umringte die beiden Kämpfenden wie in einem römischen Miniaturzirkus und klatschte jedesmal, wenn einer von beiden Dreck fressen mußte.

Die Familie Finkelstein war im Lumpenhandel reich geworden. Sahar war der Sohn eines armen Kantors aus der Synagoge. Später bekämpften sie sich weiterhin, jetzt auf geistigem Terrain, und Sahar gewann die Oberhand. Doch Finkelstein war besser betucht, er trug elegante Anzüge, und sein Wohlstand erlaubte es ihm, Zigaretten zu verteilen und Schnäpse zu spendieren. Die Mehrheit der Klasse war auf seiner Seite, so konnte er Sahar manchen Streich spielen.

Das Leben hatte die erbitterten Gegner nicht getrennt. Grausam, wie es ist, bot es eines Tages Sahar die Gelegenheit, die gute Nora auf einem Wohltätigkeitsball mit ein paar Geistesblitzen zu verführen, damals war sie schon zwei Jahre mit Finkelstein verheiratet gewesen.

Finkelstein wollte sich nie scheiden lassen. Er hatte sich geschworen, Sahar seine Frau wieder abzunehmen und sie zurückzuerobern. Er war ein Anhänger der oben dargelegten Theorie vom gehörnten Ehemann. Und nun kam Odemar ins Spiel, die Schachpartie um die Liebe nahm kein Ende.

Andererseits fürchtete Finkelstein nicht ohne Grund, zu verstehen. Er war ja erst in der zweiten Runde. Mit Odemar stellte das gierige Schicksal von neuem einen deutschen Jungen als Schiedsrichter. Nora, der Einsatz, würde nicht sofort an Finkelstein gehen, aber...

Betont höflich empfing er Nora und Odemar in seinem Salon. Das Warten hatte ihn ein wenig nervös gemacht. Aber als er den »jungen Mann«, dessen gebieterische Stirn und gebieterischen Blick sah, gab er Nora nicht mehr als sechs Monate Glück »mit diesem Vogel da«, höchstens. Danach würde zwangsläufig die Rückkehr zum häuslichen Herd kommen.

Also spielte Finkelstein den guten, beschützenden Vater. Die damaligen Berliner Sitten erlaubten ihm dies, ohne daß er damit allzuviel von seiner Würde geopfert hätte, denn die ganze Moral basierte auf dem grundlegenden Prinzip der Freiheit, im Gegensatz zur Zucht der vergangenen Jahrhunderte. Man heiratete sogar nur unter dem Zeichen der Freiheit, ja es schien, als gewähre dieser Stand mehr Freiheit als jeder andere. Eine verheiratete Frau hatte dreimal mehr Verehrer als ein junges Mädchen, wo Vorsicht und Verantwortung geboten waren. Andererseits wußte jeder ledige Mann, daß in einer Braut das Geld wesentlich besser angelegt war als in einer Mätresse. Es bestand immer die Möglichkeit, von ihr die Dividende in Form eines Kindes einzuziehen. Die jämmerliche Kühnheit, einem jungen Mädchen ein Kind zu machen, war ein Vorrecht der alten, zynischen Bourgeoisie in ihrer glücklichen Romantik – wenn man auch anerkennen mußte, daß solche Geschichten Stoff für einige ziemlich komische Opern geboten hatten.

Für den Augenblick mußte Finkelsteins Aufmerksamkeit der Festigung der Beziehung von Nora und Odemar gelten, um endgültig eine offensive Rückkehr Sahars zu verhindern. Finkelstein hatte die Absicht, die Niederlage seines alten Feindes Sahar in vollen Zügen zu genießen; sie würde neben brennendem Schmerz auch einen verhängnisvollen sozialen Abstieg mit sich bringen, denn Sahars Salon machte sich schlecht ohne Frau Finkelsteins Anwesenheit, die eine Atmosphäre geschaffen hatte, auf die ganz Berlin versessen war. Kurz, man mußte, in welcher Form auch immer, das glückliche Liebespaar großzügig erhalten. Nur um diesen Preis konnte Finkelstein seine Rache vollends sichern und der eigenen Rehabilitierung die Wege ebnen. Seine Zigarre paffend, warf der Immobilienhändler seiner ehemaligen und zukünftigen Frau einen Blick zu, der besagte:

›Gut gewählt, diesmal! Genau so, wie ich es mir für dich erträumt habe. Das ist ein Kerl! Nach diesem Itzig, diesem Scharlatan Sahar ist das genau der Meister, den du brauchst. Der Junge gefällt mir. Ein Rivale von Format. Auf den kann man stolz sein. Er macht meinem Namen Ehre!...‹

Und Nora, vollends glücklich und rot vor Erregung, schien ihm zu zwinkern, als wollte sie sagen:

›Schau dir vor allem diesen Schmiß an! Er hat ihn von einem echten Prinzen von Thurn und Taxis erhalten!‹

Man sprach über die schlechten Zeiten. Für einen Geschäftsmann gab es allen Grund, sich zu beklagen! Außerdem öffnete die Revolution Spekulationen Tür und Tor. Man mußte nur Ideen haben.

»Das Kaiserreich liegt auf der Straße!« rief Finkelstein und paraphrasierte Shakespeare: »Ein Kaiserreich für eine Idee!«

»Als Minister wäre Odemar sehr reich geworden. Er hatte schon ein Geschäft mit Bidets an der Hand, eine ausgefinkelte Sache. Oh, wenn sich nur das Revolutionäre Kabinett hätte halten können!« seufzte Nora.

Finkelstein spitzte die Ohren. Vielleicht konnte man mit dem Jungen wirklich ganz gut Geld verdienen. Mit so einem Namen und einem solchen Schmiß! Und sofort ging man von den kleinen Sorgen zu allgemeineren Themen über. Nun gut, was konnte man unternehmen?

»Deutschland ist arm, es befindet sich auf der untersten Stufe der Not«, sagte Odemar. »Ohne Rohstoffe, ohne Brot, ohne Kredit, ohne Hoffnung. Ich schätze, daß auf lange Zeit mit realen Werten nicht viel anzufangen sein wird. Die Blockade wirkt wie eine eiserne Zange. Doch das Leben geht weiter. Deutschland hat vier Kriegsjahre hindurch das Wunder vollbracht, von nichts als von Siegen zu leben, vom Anblick der Fahnen, die auf den öffentlichen Gebäuden flatterten, als man alle acht Tage den Fall einer Festung oder die Gefangennahme eines großen Generals verkündete. Damals waren die Deutschen berauscht und zufrieden, mit nichts als Kommiß-Brot und Stark-Bier im Magen. Damit sie durchhalten, müßte man weiter mit diesem Trick arbeiten. Man muß ein neues Ideal finden, mit dem sie sich das Gemüt vollschlagen und die Magenkrämpfe vergessen. Wer diese Ader findet, wird reich werden.«
Finkelstein sperrte die Augen auf, daß sie rund wie Monokel wurden.
In Fahrt gekommen, spürte Dr. Odemar, daß es hier um seine Zukunft ging. Wenn es ihm gelang, das Vertrauen des Geschäftsmannes zu gewinnen, wenn er ihn von der soliden Basis nur einer seiner Ideen überzeugte, die er hier so lautstark verkündete, dann konnte er sich eine gute Position verschaffen. In jedem Deutschen steckt ein Metaphysiker, ein Träumer, mag er sich auch noch so sehr mit *Realpolitik* brüsten. Jeder Schulmeister, jeder General, jeder Barbier verspürt die Notwendigkeit, seine Tätigkeit auf ein Podest zu erheben, ob es sich nun Vaterlandsliebe, Fortschritt der Menschheit oder Suche

nach dem Absoluten nennt. Das Denken der Deutschen ist von Grund auf spekulativ. Ob wilder Krieger oder geiziger Kaufmann, redet er sich ein, lediglich seinem Ideal nachzustreben. Im Grunde ist das eine ziemlich naive Haltung, vergleichbar mit dem Glauben der Kannibalen, sie müßten ihren Nächsten essen, um ihrer Gottheit zu gehorchen. Der Deutsche nimmt jedwede neue Idee gerne an, vorausgesetzt, man verpackt sie ihm in ein bißchen gescheite Philosophie oder dunkle Metaphysik. So ist es eher der Größenwahn, als ein unbedingt realistisch berechnender Wille, dem der Deutsche manche seiner großen Taten verdankt; etwa seine gewaltigen Bauwerke, wie manche Brücken, Theater, Rathäuser, Statuen und Bahnhöfe, die seinen Ruhm in der Welt ausmachen. Ein geizigeres, konservativeres, realistischeres Volk hätte genauso gut mit einem Viertel an Ausgaben leben können: Aber der Deutsche hat immer zuerst gefragt, was etwas für die Kultur wert sei, und erst danach, was es koste.

Dr. Odemar hatte die Fähigkeit, all seine Gedanken in ein Wortgeklingel zu verpacken, das den Finkelsteins gefiel. Hatte er sich einmal eine Idee zurechtgelegt, fand er die schönsten Girlanden, um sie zu verdeutlichen. Indem er immer mehr Argumente anhäufte, um die Schönheiten des Problems herauszuarbeiten, mußte er mit der Zeit selbst an sie glauben und machte sie zu seiner fixen Idee. Nun stellte sich ihm die Lage folgendermaßen dar:

Nach verlorenem Krieg und vereitelter Revolution versank das Land in finsterem Abgrund, wo einer den anderen nicht mehr erkannte. Die Deutschen ergötzten sich an ihrer sogenannten Republik wie Zugpferde, die plötzlich auf einer Wiese freigelassen wurden, und sie waren dabei nicht einmal glücklich. Zwar hatte man

ihnen Scheuklappen und Zügel abgenommen, doch blendete sie jetzt die Sonne, der Wind machte sie toll, und außerdem war die Wiese nicht echt: Das frische Gras und die zarten Blumen waren nichts als Augenwischerei.
Also, wohin sollte man sich wenden? Welchen Helden anbeten, wenn sie, ohne jemanden anzubeten, nicht leben konnten? Mit welchem Glauben sich betören, wenn es schon nicht möglich war, von der Brotmarke satt zu werden, so wollte man sie wenigstens mit dem Nektar der Illusion beträufeln. Die Philosophie und die Metaphysik waren zwei strahlende Mätressen, die der Deutsche seit Jahrhunderten großzügig ausgehalten hatte, jetzt sollten ihre Reize etwas einbringen! Steht auf, Jacob Böhme und Schopenhauer, laßt eure Stimmen in tiefer Schreckensnacht erklingen. Gebt uns Träume und das phantastische Schauspiel der Sterne!
Odemar fuhr fort:
»Ich sehe für die kommenden Jahre eine außergewöhnliche metaphysische Krise des Bewußtseins voraus. Soziale Unruhen und die Flaute in der Wirtschaft werden den gesunden Menschenverstand der ganzen Nation erschüttern. Im Lande wird sich ein Fieber ausbreiten gleich dem des Jahres 1000. Verzweiflung und Ekstase werden das gedrückte Selbstbewußtsein des Volkes heimsuchen. Alle bestehenden Werte werden im Kurs sinken. Um sie zu ersetzen, wird man andere suchen, und die Leute werden in der Verwirrung Laternen für Sterne halten. Der Tanz beginnt bereits. Nachts predigen finstere Propheten. Spengler kündigt den Untergang des Abendlandes an. Die Dichter verkünden den Tod der Kunst. Einsteins Verdikt besagt die Relativität aller Dinge. Was wahr war, ist falsch. Die alte Welt stürzt ein!«

Odemars Stimme quoll vor Prophezeiungen über. Finkelstein hatte seine Zigarre ausgehen lassen, was einiges zu sagen hatte. Nora hing an den Lippen ihres Geliebten, deren herben Geschmack sie auf den ihren behalten hatte, und wollte sich nicht beruhigen, daß ihr nächtlicher Ganymed solche apokalyptischen Visionen unter seinem süßen Schopf hegte. In Fahrt gekommen, beschrieb Odemar weiter die Vision eines neuen Deutschlands und wußte selbst nicht mehr, was davon Dichtung und was davon Wahrheit war.
Er sagte, die Zeitungen meldeten Christi Erscheinen, namentlich an der Grenze Bayerns und in den Einöden Pommerns. Im Erzgebirge hätten Dörfler im Wahn Barbarossa an der Spitze seines Heeres gesehen. In Baden hatte der Ingenieur einer Fabrik für Farbstoffe den Stein der Weisen gefunden. Und ein Breslauer Chemiker hatte Gold gemacht aus einer Sorte Lehm, die man nur in Schlesien findet.
So gewöhnte sich die Bevölkerung daran, täglich ein neues Wunder zu erfahren. Das Elend dieser Erde wurde unbedeutend, verglichen mit den großen, okkulten Dingen, die da kommen würden. Sekten gründeten sich überall, um die Lehren der neuen Propheten, die solche Wunder offenbarten, vor Ort festzuhalten und zu verwerten. Jede Kleinstadt hatte ihren Apostel. Wissenschaft und Philosophie reihten sich ein in den Tanz. Schon mischten sich politische Verbände ein, und selbst die radikalsten Gewerkschaften konnten sich der ganz Deutschland überrollenden Mystik nicht entziehen.
Deutschland würde künftig dem Mann mit der größten Vorstellungskraft gehören. Die Leute waren bereit, alles zu glauben. Die Metaphysik sickerte in wirtschaftliche Bereiche, in die Wissenschaften, die Architektur, man regelte die Dinge auf der Basis einer Weltanschauung.

Die Unternehmer bauten im luftleeren Raum, die Politiker beschlossen Wunder. Nichts war mehr unmöglich. Illusion wurde das tägliche Manna der Hungernden. Wie im Lande Gullivers nahm das Riesenhafte natürliche Formen an. Man sah die Welt nicht mehr, wie sie war, sondern durch ein Fernglas, entweder vergrößert oder ganz klein, was den Zuschauer glauben ließ, er könnte die Dinge nach seinem Geschmack verwandeln. Die Bankiers glaubten alles, was ein Schwärmer ihnen in nietzscheanischem Stil unterbreitete, und finanzierten die unwahrscheinlichsten Vorhaben. Die Reeder hätten sofort eine Expedition ausgerüstet, die am Nordpol nach Diamanten suchen sollte, wenn die Alliierten es zugelassen hätten. Um amerikanischen Weizen, schwedisches Papier oder afrikanische Orangen zu kaufen, fehlte es den Deutschen an Geld, doch man fand, soviel man wollte, um einen Goethetempel zu errichten oder einen Turm des Volkes hochzuziehen, der, noch höher als der Eiffelturm und ganz aus Glas, ein Symbol der Brüderlichkeit unter den Menschen darstellte, Geld genug, eine Fabrik zur Herstellung künstlicher Milch aus einem besonderen Kalk zu gründen oder Voltaires sämtliche Werke zu verlegen, eine Pergamentausgabe mit handgemalten Majuskeln, wie sie nicht einmal Frankreich besaß.
Alles, ja alles war in Deutschland möglich, ausgenommen, ein Brot ohne Marke zu bekommen oder einen Geschäftsmann reden zu hören, ohne daß er metaphysische Erwägungen anfügte.
Berauscht von den eigenen Worten, sonderte Odemar ein Argument nach dem anderen ab, wie die Spinne ihren unendlichen Faden. Derweil wurde Finkelstein ungeduldig:
»Die Idee, mein Herr, ich warte auf Ihre Idee!«

»Also gut«, sagte Odemar und warf Nora, die auf ihrem Stuhl vor Stolz strahlte, einen Blick zu. »Wie gehen Ihre Geschäfte?«

»Schlecht!« antwortete Finkelstein automatisch, wie jeder Geschäftsmann, der etwas auf sich hält. Bis heute hat noch kein guter Geschäftsmann zugegeben, daß seine Geschäfte gutgehen. Doch diesmal war es noch nicht einmal eine Lüge.

»Das glaube ich Ihnen gern«, gab Odemar zurück. »Denn nichts ist gefährlicher, als in einer Zeit logisch zu bleiben, wo alle Werte umgestoßen werden. Sie müssen Ihre alte Arbeitsweise aufgeben. Sie müssen endlich begreifen, daß morgen alle Sachwerte inkonstante Größen sein werden. Grundstücke, Bergwerke, Steinbrüche, Brauereien, Aluminium und Öl stellen für solche Männer nicht mehr den geringsten Nutzen dar, die nur noch ein Ziel, einen Gedanken kennen: Gott zu entdekken! Sie werden an der Börse die Staatsanleihen, Kommunalobligationen, die Hypothekenbriefe der Bodenkreditanstalt stürzen sehen. Die sichersten Papiere werden nur noch als Tapeten für Ihre bürgerliche Wohnung dienen, einige sind nämlich gut gezeichnet und mit angenehmen Farben koloriert.«

»Aber wo bleibt Ihre Idee?« stöhnte Finkelstein.

»Die Dummheit der Menschen ausbeuten. Die metaphysische Krise, die sich unseres ganzen Volkes bemächtigt, in Profit umsetzen. Das Ideal, die große Ekstase, die den einfachen Bürger schüttelt, in Kapital umwandeln. Die Börse ist ein Tempel wie jeder andere. Wie viele afrikanische Bergwerke haben nur durch den Glauben der Kapitalgeber existiert und denen Millionen eingebracht, die sie herbeiphantasiert haben! Also, bezweifeln Sie, daß die Gottesidee ebensoviel wert ist wie die Platinidee?«

»Bravo, genial!« rief Finkelstein aus heiterem Himmel und warf seine Zigarre weg. »Nora, du hast den Mann gefunden, der Deutschland retten wird, er wird uns alle vor dem Selbstmord retten. Herr Doktor Odemar, verfassen Sie ein ausführliches Gutachten. Legen Sie mir einen Plan für die Gründung der von Ihnen erdachten Gesellschaft vor, und ich werde Ihnen meine ganze finanzielle Macht und meine Verbindungen zu Bankkreisen zur Verfügung stellen. Besuchen Sie mich wieder, wenn Ihr Memorandum fertig ist.«

Im berühmten Zimmer des Hotel Adlon arbeitete Odemar die ganze folgende Nacht an einem Plan zur Gründung seiner neuen Gesellschaft. Gegen zwei Uhr morgens weckte er Nora, die vor soviel Glück erschöpft eingeschlafen war, um ihr mit einer Ergriffenheit, die des reinsten Propheten würdig gewesen wäre, zu verkünden:
»Ich habe die *Gesellschaft für Allgemeine Verbrüderung* gegründet!«
Ein wahrhaft genialer Name. Odemar hatte schon ein riesiges Gebäude zusammengezimmert, das fest auf philosophischen Erwartungen beruhte, die jedes deutsche Gemüt berühren mußten. Er hatte sich hemdsärmelig an seinen Hotelzimmertisch gesetzt, wie ein Geschäftsmann, der sein Leben lang nichts anderes getan hat. Gestern Demiurg, vorgestern Held, hatte er sich mit überwältigender Leichtigkeit in einen Ökonomen verwandelt.
Seine Idee war, die in Deutschland hoch im Kurs stehenden ideellen Werte kommerziell auszubeuten, denn sie stiegen Tag für Tag in der Gunst der Deutschen. Dabei wollte er verschiedenen Sekten Expansionshilfen und Werbemittel anbieten, ohne die in der heutigen Gesellschaft kein Erfolg mehr möglich ist.

Die folgenden Tage studierte Odemar grundlegend die unterschiedlichen religiösen, metaphysischen und mystisch-politischen Strömungen, die überall wie das Unkraut am Rande großer, vernachlässigter Straßen emporschossen. Er lernte die verblüffenden Gebräuche und Praktiken gewisser Vereine genau kennen, die so geheim arbeiteten, daß man kaum zu ihnen vordringen konnte. Nie hätte er gedacht, daß im Jahrhundert des technischen Fortschritts und der Gedankenfreiheit

Aberglaube, Okkultismus und Alchimie eine so große Verbreitung erreichen könnten. Wahrhaftig, das konnte nur rein physischen Ursprungs sein, in diesem Fall war es das große Elend eines besiegten Volkes, das verzweifelt dem körperlichen und seelischen Bankrott zu entkommen suchte.

In seinem tiefsten Inneren nahm Odemar die Hirngespinste dieser dutzendfach auftretenden Sekten nicht ernst, auf der Suche nach einem Gott boten sie lediglich raffinierte Mischungen alter Glaubenslehren an. Ein paar Handvoll buddhistischer Reis, drei Teelöffel christliches Weihwasser, ein wenig muselmanisches Rosenöl, eine jüdische Knoblauchzehe, dazu ein Gran Platon, das ergab einen Kuchen, der angenehmer schmeckte als das tägliche, in einen zänkischen Zeitungsartikel gewickelte Kommiß-Brot.

Die *Gesellschaft für Allgemeine Verbrüderung, Gesav* genannt, mit einem Kapital von einhundert Millionen ausgestattet, Firmensitz Berlin, sollte also Ideale und diverse Mythologien in einem Trust zusammenfassen, als treues Abbild einer Holdinggesellschaft, wie sie sich in den übrigen Gefilden der Finanzwelt gestaltet. In vielen Sekten waren Kapitalisten stille Teilhaber; jeder einzelnen Sekte sollte soviel an moralischem Einfluß auf die Gesellschaft zugestanden werden, wie sie Anteile zeichnete.

Im Hegelschen Duktus verfaßte Odemar ein Gutachten, das zusammen mit dem Zeichnungsschein in allen großen Tageszeitungen inseriert werden sollte. Sehr geschickt begann er mit dem Satz:

»Wenn Jesus Christus heute auf die Erde zurückkehrte, müßte er, um das Reich Gottes wiederzuerrichten, sich von einem riesigen Konsortium finanzieren lassen, nur so könnte er den Anforderungen moderner Werbemethoden gerecht werden, ohne die hinfort kein Produkt und keine Idee mehr die Welt erobern werden.« Er fuhr fort: »Heute erwarten wir alle die Rückkehr Jesu, der in moderner Gestalt und mit einer den heutigen Gepflogenheiten und heutiger Technik angepaßten Theorie erscheinen wird. Wie zur Zeit des Herodes künden viele Sekten von seiner Ankunft. Die Menschheit, die voll Verzweiflung einen neuen Gott sucht, muß in ihrer Ganzheit zu seiner Entdeckung Hilfe leisten und ihm seine Offenbarung erleichtern, indem sie Anlagen der *Gesav* zeichnet...«

Dann trug Odemar sein Anleihevorhaben zu Finkelstein, es war so ausgefeilt, daß man es noch am selben Tag hätte veröffentlichen können. Finkelstein, der seinerseits in Bank- und Geschäftskreisen vorgefühlt hatte und dort manchem Anzeichen für eine Neigung zum Idealismus und zur Mystik begegnet war, begrüßte ihn mit emphatischer Begeisterung. Er gratulierte dem jungen Liebhaber seiner Frau und versprach ihm jede Unterstützung. Wenig später wurden die Anleihepapiere auf den Markt geworfen.

Jetzt zögerte Finkelstein im Interesse der *Gesav* nicht mehr, ihrem Gründer ein fürstliches Gehalt zu bieten. In seiner Eigenschaft als Aufsichtsratsvorsitzender würde Odemar einen gesellschaftlichen Rang einnehmen, um den man ihn in Berlin beneiden sollte. Finkelstein wollte den Firmensitz der *Gesav* so luxuriös wie möglich ausstatten. Er richtete also Odemar und Nora das Erdgeschoß eines seiner Gebäude am Kurfürstendamm ein.

Der Kurfürstendamm, die schönste Prachtstraße von Berlin W., hatte außer den mit Terrassen geschmückten Bürgersteigen auch zwei Trambahnlinien und eine doppelspurige Fahrbahn aufzuweisen, eine Spur für Reiter und eine andere für Radfahrer. Die ihn säumenden Gebäude wurden in der hochherrschaftlichen Großzügigkeit der Vorkriegszeit gebaut, als Geräumigkeit für den größten Luxus gehalten wurde, den eine Hauptstadt zu bieten hatte. Glücklicherweise verfügte Berlin über die Weite der preußischen Ebenen, so brauchte man mit Boden nicht zu geizen.

Dr. Odemars schöne Wohnung bestand aus zwölf Zimmern, die wie eine Rosette kreisförmig um einen Saal angelegt waren, der einen Durchmesser von zwanzig Metern auswies. Ihn wählte man zum symbolischen und tatsächlichen Mittelpunkt der *Gesav*, und Nora war eifrig bestrebt, dem Raum das beeindruckende Aussehen zu geben, das seiner Bestimmung entsprach, denn Nora würde sich ein Vergnügen daraus machen, dort Empfänge zu geben, die Sahars Salon in den Schatten stellten. Sie bestellte eine radikal-verwegene Einrichtung in expressionistischem Stil, in der die immer wieder von den jungen Zeitschriften proklamierten Theorien zum ersten Mal ihre offizielle Verwirklichung fanden. Das waren übrigens Kunsttheorien, die ganz wie der Prospekt der *Gesav* auf der verblasenen Philosophie jener Zeit beruhten und natürlich die grundlegenden Prinzipien der traditionellen Architektur über Bord warfen.

Die Unruhe der Neuen Zeit spiegelte sich darin wider. Der Störung der Symmetrie schien die ganze Aufmerksamkeit des Architekten zu gelten: Zunächst zerstörte er die glatte Oberfläche der Decke, die in ihrer reinen, runden Form einst ein stummer Spiegel der unter ihr befindlichen Dinge gewesen war. Jetzt wurde dieser ferne Zeuge in den irdischen Tanz mit einbezogen. Die Stuckreliefs, Kreise, Halbkreise, ins Unendliche ge-

schraubten Spiralen und Kurven verliehen ihr den Eindruck eines entfesselten Himmels, ein vollkommenes Chaos. Irgendwo hingen Stalaktiten herab und bildeten eine Grottendecke. Die Wände waren aus unterschiedlichsten Materialien, aber sie funkelten. Spitzbögen aus weißem Eisen, Kupferspiralen, Glassäulen, mit Silberpapier bezogene Tafeln und Wandschirme verwandelten den riesigen Saal in ein Labyrinth.
Die dazu passenden Möbel waren in einem ebenso verschrobenen Stil entworfen. Die Möbelkünstler brüsteten sich wahrhaftig damit, schlichte Modelle zum praktischen Gebrauch angefertigt zu haben, als wäre die einfachste, nämlich die Standard-Form nicht durch jahrhundertelangen Gebrauch abgesegnet. Die Stühle standen auf drei Beinen und waren vorn etwas tiefer, angeblich, damit man sich besser hinsetzen konnte. Doch der Unglückliche, der sich hier niederzulassen wagte, fühlte sich darauf nicht sicherer als auf einem Schlitten. Die Stuhllehne bildete ein Dreieck (der Symmetrie wegen), doch bot sie dem Sitzenden keine Stütze. Die Sessel waren nur ihrer Umrisse wegen da: Vernickelte Metallbarren ahmten mit Stoff bespannt ein herkömmliches Aussehen nach, doch boten sie wenig Oberfläche, auf der man sich hätte ausruhen können. Ihr vorzügliches Verdienst bestand darin, daß man sie leicht kombinieren konnte, und nicht darin, daß man weich auf ihnen ruhte. Schließlich standen Sofas an den Wänden. Ihr Skelett bestand aus weißem Marmor, und die Sitzflächen waren mit hundert regenbogenfarbigen Sitzkissen bedeckt. Die Sofas waren auf Schienen montiert und rollten von alleine, Miniaturschlafwagen, und wer auf ihnen saß, glaubte nach Kythera zu reisen.
In der Mitte des Saales befand sich ein Konzertflügel aus Eisenbeton.

Das einzige Kunstwerk war eine Statue, die sich dem Meißel eines russischen Bildhauers verdankte, sie stellte das Wesen dar, dem die Mehrheit der sich bildenden Sekten ihre Sehnsucht zuwandte: den Mannfraugott, geläuterte Synthese all unserer Leidenschaften, aller Sehnsüchte, Ängste und Hoffnungen, dreifaltiges und gleichzeitig einziges Geschöpf, das wir sind. Der Kopf ein Eisenhaken, zwei Löcher die Brust, Spiralen die Glieder; das bedeutete, daß das vor allen anderen anzubetende Wesen nur eine unpersönliche Gestalt besaß und allerirdischste Materie sowie reinsten Geist verkörperte.

Der Saal war sehr erfinderisch beleuchtet. Anstelle der Frontgiebel und antiken Friese befanden sich, wie in den Schaufenstern der Kaufhäuser, hellblaue und rosa Leuchtschriften, die einerseits angenehmes Licht verbreiteten, zum anderen in strahlenden Lettern Maximen des Evangeliums, der Upanischaden, des Koran, von Karl Marx, Darwin und Freud verkündeten.

Max Beckmann, Nackttanz, 1922.

Als die Einrichtung fertig war, gaben Odemar und Nora ein großes Einweihungsfest in ihrer neuen Wohnung.
Die Einladungskarte gab stillschweigend auch eine offizielle Bekanntmachung ihrer Verbindung zu verstehen.
Der Mittelsaal sollte eine Art Übertempel werden, das Mekka all dieser kleinen Sekten, Geheimgesellschaften und geheimen Gemeinschaften, von denen es in Deutschland wimmelte. Dabei war es nicht erforderlich, daß sie rein religiösen Charakters waren. Odemar hatte für den *Gesav*-Konzern jede ein ideelles Ziel anstrebende Gesellschaft zugelassen. Er kannte die Schwäche der Deutschen, die nur glücklich sind, wenn sie sich in einer Gruppe befinden und wenn sie sich um den Schatten einer mit goldenen Lettern bestickten Seidenstandarte scharen konnten. Dieses Volk, seine Dichter ausgenommen, haßt Einsamkeit und Individualität. Sogar der Familiensinn weicht hier dem Massengeist. Als Mitglied eines Verbandes muß man weniger Verantwortung übernehmen, als wenn man alleine handelt. Da es den Deutschen an Unternehmungsgeist fehlt, muß man sie mit einem Befehl in Bewegung setzen; dem Befehl allerdings gehorchen sie blind.
Nach den von Odemar ausgearbeiteten Statuten traten die geheimen Sekten und kleinen Gesellschaften durch Zeichnen von mindestens fünfundzwanzig *Gesav*-Aktien automatisch in den Konzern ein. Ihre Mitglieder waren zur großen Soirée eingeladen, wenn sie in Gruppen kamen und beim Eintritt die Coupons der fünfundzwanzig gekauften Aktien vorwiesen. Als Dame des Hauses empfing Nora die Gäste und prüfte gnädig lächelnd die Coupons. So zogen alle an ihr vorüber:
Die Jünger der Schule der Weisheit aus Darmstadt. Aus

Nürnberg eine Delegation des Jungfernverbandes, der die Abschaffung der Tanzdielen zum Ziel hatte. Ein Bataillon der Heilsarmee. Hellmut von Rosencreutz, ein Nachkomme des Rosenkreuz-Gründers. Zwei Delegierte der III. Internationale aus Moskau. Zwei Malteser Ritter. Ein Rabbi aus Łodz. Eine Delegation der Philatelistischen Gesellschaft, die sich in der Aussicht gegründet hatte, vom Reichstag mit dem Entwurf für eine Briefmarke beauftragt zu werden, die das Bildnis Christi tragen sollte. Mehrere Mitglieder des Verbandes ehemaliger Wagnersängerinnen. Zweihundertsiebenundzwanzig Fahnenträger der Frontkämpferbünde. Die Magier der Güte aus Magdeburg. Mehrere Pantheisten. Die Worpsweder Maler. Der Direktor der neuen Traum-Universität. Ein nudistisches Paar. Ein homosexuelles Paar. Der Generalsekretär der Liga zum Schutz der Pferde. Der Herausgeber der Zeitschrift »Freunde des Eros«. Eine Delegation der Satanisten, oder auch Teufelssöhne, der Sektion Grunewald. Zwei Mitglieder des Anarchistischen Bundes aus Schleswig-Holstein. Der Besitzer der Zigarettenfabrik Manilo, förderndes Mitglied der Anthroposophen. Eine zionistische Familie mit dreizehn Kindern. Die Sodomiter Sekte, vollzählig. Der Münchner Alpenverein. Der Meister des Königlichen Geheimnisses und der Priester der Ehernen Schlange und des Sterns, Neognostiker. Eine Abordnung des Schachclubs von Osnabrück. Drei Vorsitzende der Heiligen Feme, mit Kapuze. Mehrere Aktivisten 1915. Gegenaktivisten 1919. Überaktivisten 1920. Die Witwenunion aus Andernach, sie trafen sich jeden Samstagabend, um sich gegenseitig bei der Suche nach neuen Ehemännern behilflich zu sein. Ein Damenfriseur, die Reinkarnation Napoleons. Eine ihrem Sarg entkommene Karmeliterin, die jetzt als neue Mode für junge Frauen den rasierten Kopf propagierte. Die Gesellschaft der Besten Gemsenjäger aus Tirol. Das Zentrum der Theosophen aus Frankfurt. Der stellvertretende Direktor des Irrenhauses von Spandau. Schließlich drei verschiedene Christusse mit leuchtenden Augen; einer hatte schöne blonde Locken, der nächste einen nackten Schädel, der dritte einen pomadisierten Scheitel. Alle drei waren sie allein gekommen, doch wartete jeder voll Ungeduld auf den Augenblick, wo er seinen Konkurrenten die Maske vom Gesicht reißen konnte.

Odemar hatte große Schwierigkeiten, all diese Leute unterzubringen.

Die Feierlichkeiten begannen mit der Aufführung einer Bach-Fuge, gespielt von der Jazzband »The Weintraub Syncopators«. Dann entkleidete sich die berühmte Tänzerin Mary Wigman bei einem »Heiligen Tanz«, den sie für diesen Anlaß geschaffen hatte.

Da die meisten Gäste die wüstesten Landstriche Deutschlands durchquert hatten, manche zu Fuß und fastend, wurden sie bald zu Tisch gebeten, die Tafel war rund wie die Umrisse des großen Saals. Chorknaben in Meßgewändern trugen auf. Die Speisenfolge war in Luthers blumiger Sprache verfaßt:

MENU

Hostien. Ostereier. Ölberg-Oliven
Jonas-Delphin
Orpheus-Löwenschnitzel
Adler-Fricassée Elias
Getrüffelte Kapitol-Gans
Nest der heiligen Taube
Ziegenkeule Schwarze Messe
Alraunensalat

Evaäpfel
Demeter-Feigen
ungesäuertes Brot
Dreikönigs-Kuchen
Manna

WEINE:
Kanaa-Wein
Lacrimae Christi
Alte Weine aus Ägyptischen Gräbern
Mosesquelle
Jordanwasser
Wasser aus Lourdes
Sintflutregen
Met Wotansbräu
Champagner aus Pythien
Likör vom Roten Meer
Ambrosia Extra Dry, Cuvée 37 v. Chr.

Im Geiste dieser heiligen Gerichte und gesegneten Weine verharrten die Gäste während des ganzen Mahles in frommer Haltung. Allerdings mußte man mit Recht befürchten, daß irgendwann einmal Ansprachen folgen würden. Ein jeder Prophet, Vorbote, Vorsitzender, Ritter, Christ und Antichrist, Weise, Magier, ein jedes Medium nährte in sich sicher den Ehrgeiz, einer solchen Versammlung die einzige und letzte Wahrheit vorzutragen, deren Wächter er war, denn auf ihn war die Gnade ausgegossen worden. Jeder Delegierte wollte seinen besonders geeigneten Katechismus des Neuen Glaubens, der Einkehr, der Güte, der Liebe aller für alle enthüllen, jeder gab vor, allein er wisse das Geheimnis des Neuen Glaubens. Um all dies abzuschneiden, ordnete Odemar an, daß das Orchester sein Ave Maria im Tangorhythmus schon vor dem Dessert spielen sollte. Wenige Minuten später erhob sich dann Nora, die den Vorsitz der Tafel geführt hatte, und gab so das Zeichen, daß der offizielle Teil des Abends beendet war.

Sofort bildeten sich einzelne Gruppen. Die Vertreter der verschiedenen Sekten, die sich »draußen im Leben« heftig bekämpften, ohne sich jemals gesehen zu haben, gingen endlich aufeinander zu und brachten das Gespräch auf solche Punkte, wo tags zuvor in Zeitungsartikeln, Broschüren, Verleumderbriefen und Prozessen noch der Streit getobt hatte. Alle sprachen sie von einem Ideal, der Freiheit und Gott, doch jeder dachte nur daran, der Menschheit jene einzige Formel aufzuzwingen, deren Erfinder er war. All diese Sektenhäuptlinge und Anführer von Verbänden waren die Vergötterung und Anbetung einer kleinen Zahl von Getreuen gewohnt, die sie schließlich für ihre Sprache gewonnen hatten, und empfanden es als empörend, hier unter ihresgleichen auf einen gewissen Widerstand zu stoßen. Schnell wurde klar, daß keiner unter ihnen die Laster des Ehrgeizes und der Anmaßung aus seinem Herzen zu tilgen vermocht hatte. All diese Laienapostel waren fanatischer als die offiziellen Kirchenvertreter, deren Stelle sie einnehmen wollten.

Angesichts dieses Spektakels konnte Odemar ein Lächeln nicht unterdrücken. Die Nürnberger Jungfern und die Gefährten der Gnosis benutzten dieselben Worte, um der Menschheit ihr Glück aufzuzwingen. Sowohl das homosexuelle Paar als auch die Witwen von Andernach priesen die Liebe. Die Briefmarkensammler trachteten ebenso nach der Erkenntnis Gottes wie der Rabbi aus Łodz. Doch der Abend wurde schlimmer, als zwei Christusse, beide in den gleichen weißen Togen, in einer Ecke zu boxen begannen, den Schiedsrichter spielte ein Hauptmann des Frontkämpferbundes, Sektion Erlangen. Der Vertreter der Rosenkreuzler machte dem Besitzer der Zigarettenfabrik Manilo eine Szene, weil der die Anthroposophen finanzierte und sich nicht von ihm bekehren lassen wollte. Eine ehemalige Wagnersängerin machte der Karmeliterin eine Eifersuchtsszene, weil diese angeblich versucht hatte, dem Friseur, der die Wiedergeburt Napoleons war, zuzulächeln, sie hatte selbst ein Auge auf ihn geworfen. Mitten im schönsten Tohuwabohu entkleideten sich schließlich in einer Ecke die Satanisten in der Erwartung ihrer Gebetsstunde, es war zwei Uhr morgens, und machten sich zur Geißelung bereit, sie hatten Peitschen mitgebracht, deren Spitzen mit Pfauenfedern geschmückt waren.

Von da an gestaltete sich dieser Gott geweihte Abend zu einer Orgie. Abseits in einer Ecke lächelte Odemar immer noch. So, wie es aussah, konnte ein voller Erfolg seines Unternehmens blühen. Selbstverständlich hatte er die idealistischen Parolen nie ernst genommen, mit denen seine Zeichnungsaufforderung überladen war. Er wollte ja nicht sein aus dem Nichts zusammengezimmertes Geschäft verwirklichen, um bei Finkelstein Eindruck zu schinden oder weil er es eben erfunden hatte; sondern sein Ziel war es, sich in Berlin einen Namen zu machen. Und er spürte, daß er den richtigen Weg eingeschlagen hatte.

Während er an all dies dachte, klopfte ihm eine kräftige Hand auf die Schulter:

»Du willst mich also nicht wiedererkennen?«

Der dritte Christus, der mit den langen blonden Locken, war an Odemar herangetreten. Er hatte sich mit göttlichem Instinkt abseits des Faustkampfes seiner beiden Konkurrenten gehalten und trug ruhige Überle-

genheit zur Schau. Odemar trat einen Schritt zurück, schaute ihm in die Augen und rief dann laut aus:
»Wie? Ist es möglich? Wilhelm Wander?«
»Wie er leibt und lebt! Noch nicht einmal eine Reinkarnation!«
»Wo kommst du her?« fragte der Hausherr.
»Aus deiner Wundertüte! Aber du scheinst dich als einziger hier zu amüsieren!«
»Und du?« antwortete Odemar lachend.
»Nichts ist ernster als das! Ich bin der wahre Christus. In Bonn habe ich mich noch nicht gekannt. Doch ich war schon auf dem Weg der Gnade. Eines schönen Tages kehrte ich aus dem Triestiner Karst zurück, völlig abgestumpft von einem höllischen Bombardement, da erkannte mich eine alte Tiroler Bauersfrau. Mein Bart war gewachsen. Als die arme Alte mich sah, bekreuzigte sie sich und fiel auf die Knie, obwohl sie seit fünfzehn Jahren ein gelähmtes Bein hatte. Und aus den Antworten, die ich ihr gab, habe ich mich erkannt. Mein Wesen war ganz Sanftmut und Liebe. Ich warf auf der Stelle mein Gewehr weg und ging in die Berge. Die Behörden wollten mich festnehmen, doch sie wagten es nicht, als sie sahen, welchen Einfluß ich auf das Volk hatte. Unter dem Vorwand, ich sei verrückt, ließ man mich laufen. Weilte jemals ein Gott auf Erden, der nicht für verrückt erklärt wurde? Zweiter Beweis! Ich habe ganz Österreich durchwandert, Böhmen, Sachsen, und überall hat man mich als Gott erkannt. Ich bringe Deutschland frohe Botschaft und Erlösung. Was zwinkerst du? Dritter Beweis: Aus welchem Grund sollte Jesus, der Allmächtige, nur einmal auferstanden sein? Weshalb nicht dreimal? Weshalb nicht jedes Jahrhundert? Oder sogar jeden Tag, wo man ihn täglich aufs neue kreuzigt? Die Zeiten haben sich nicht verändert. Die mir die Nächsten

waren, haben mich am häufigsten verleugnet und gekreuzigt, die Kirche und der Papst, meine Brüder. Meine Getreuen haben mein Gesetz der Liebe falsch ausgelegt. Auch ich muß noch einmal ganz von vorn anfangen. Lassen wir jeglichen Stolz und jeglichen Machtgedanken hinter uns. Dem ärmsten und am meisten gedemütigten Land, dem ausgezehrten, erniedrigten Deutschland bringe ich die Gnade des großen Gedankens, der die Menschheit retten wird: ein primitives Christentum, menschlichen Kommunismus, soziale Liebe. Erst wenn unsere Hände von der Arbeit schwielig sind, wird ihnen das Herz von neuem aufblühen wie eine Rose. Ich verkünde die Diktatur der Liebe!«

Dr. Odemar lauschte ihm mit offenem Mund. Er dachte mit Hochachtung daran, wie Wander ihn einst in Bonn von einem dummen und leeren Leben befreit hatte, als er ihn mit sich nahm auf die Straße, die den sternflimmernden Rhein entlangführte. Ja, er war wirklich der Pilger der großen Träume, mit seinen leuchtenden Augen, seiner ekstatischen Sprache. Wander log nicht. Da küßte Odemar seine Hand.

In diesem Augenblick kam Nora. Ihr Lächeln war wunderbar:

»Auch du hast also zuviel Lacrimae Christi getrunken?«

»Ich möchte dir meinen alten Freund Wander vorstellen, den wahrhaft wiederauferstandenen Christus.«

Von denen hatte Nora in dieser Nacht einige zu sehen bekommen. Sie war ein wenig müde von so vielen Aposteln und Erlösern.

»All diese Damen und Herren sind gegangen. Es ist jetzt, glaube ich, acht Uhr in der Frühe. Gleich kommen die Putzfrauen. Vergessen Sie Ihren Spazierstock nicht, Herr Jesus. Es ist das letzte göttliche Attribut, das

noch in der Garderobe steht. Ich vermute, er gehört Ihnen.«
Ungeduldig wartete Nora darauf, daß der Kerl sich aus dem Staub machte. Odemar hatte sie seit Tagen nicht mehr zärtlich umarmt, darunter litt sie. Und wenn sie ihn so liebevoll mit seinem Jugendfreund sah, wurde sie beinahe eifersüchtig.
Doch bevor er ging, ließ Wander ein Kärtchen mit seiner Adresse in Odemars Tasche gleiten, er sollte ihn besuchen kommen.

Das Einweihungsfest am Kurfürstendamm erregte in Berlin großes Aufsehen. Unter die Gäste hatten sich Reporter gemischt, ihre Sensationsinterviews stachelten die Neugierde der Öffentlichkeit für das verzauberte Haus an. Nun war damals in Berlin Perversität hoch in Mode. Moralischer Nihilismus und physische Entbehrung hatten ihren Höhepunkt erreicht. Um dem zu entkommen, flohen die Empfindsamsten zu den schattigen Hainen der Illusion und der Ausschweifungen. Sodom und Gomorrha waren in Berlin wieder auferstanden. Öffentlich gestand man seine Vorliebe für Drogen, predigte geheimnisvolle Verhexung, und trotz des Paragraphen 175 machte man aus seinen homosexuellen oder lesbischen Neigungen keinen Hehl. Und weil in Deutschland alles Ursache und Wirkung, alles seine Schublade und seinen Grund haben muß, nannte sich das Freiheit, Leben in Leidenschaft, der große Taumel oder göttliche Ekstase.

Nora strahlte. Schnell wurde ihrem »Salon« wesentlich größere Bekanntheit zuteil als dem des armen Dr. Sahar. Jeder wollte dort einmal empfangen werden. Minister ließen sich einführen, Dichter, Generäle, Rechtsanwälte. Wenn nötig, wurden sie Theosophen oder Kommunisten, um einen Vorwand zu haben. Frau Finkelstein gab dreimal die Woche einen Empfang, bald darauf schon jeden Abend. Ganz Berlin starrte auf den »Jahrmarkt der Glückseligkeiten«, wie eine Zeitung den expressionistischen Prunksaal getauft hatte. Vertreter aller Sekten hielten sich dort ständig auf und versuchten, Gläubige anzuwerben. Alle Götter hatten dort ihren Sitz und eine Reklameabteilung. Die politischen Parteien spürten, daß dort künftige Regierungen keimen konnten.

Eine so uneinheitliche und konfuse Versammlung

mußte verhängnisvoll entgleisen, das Wort »Freiheit« ist stärkerer Sprengstoff als Dynamit. Die Formel von der »Allgemeinen Verbrüderung« wurde bald gefährlich ausgeweitet. Jeder Zwang sollte abgeschafft werden, und die Weisen predigten gegen jegliche Verdrängung. Die logische und natürliche Folge war eine allgemeine Orgie, mit den Göttern als wohlwollenden Zeugen. Nach Mitternacht duzten sich alle im Tempel der »Allgemeinen Verbrüderung«. Die Frauen entkleideten sich, um die Wollust im Keime zu töten, sie gaben vor, letztendlich wäre die Verschleierung, das Geheimnis für sexuelle Störungen verantwortlich und lediglich vollständige Nacktheit könnte die Menschen in den Zustand der Reinheit und Aufrichtigkeit versetzen, wie ihn Adam und Eva gekannt hatten. Auf den Schlafwagensofas brachen Paare nach Kythera auf, einmal hin und zurück. Mampe-Likör und Mumm-Sekt flossen aus unerschöpflichen Quellen, gestiftet von den Eigentümern beider Firmen, die sehr einflußreiche Mitglieder esoterischer Sekten waren. Zweifellos darf man annehmen, daß die beiden Industriellen, von rein geschäftlichem Standpunkt aus betrachtet, noch ein zusätzliches, unmittelbares Interesse hatten, wenn sie Odemars Konzern unterstützten.

Manche noch ein wenig um die Moral besorgten Geister fanden für die ausschweifenden Tänze künstlerische Entschuldigungen. Sie wollten den Tanz in die religiöse Zeremonie einfügen, wie es bei so vielen hochkultivierten Völkern Brauch gewesen war, bei den Ägyptern, den Griechen und bis heute noch bei den Negern. Ihnen zufolge war der Tanz von allen Künsten die feinste und göttlichste. Besser als jede Predigt, als jede tiefschürfende Beweisführung bewies der Tanz, daß der menschliche Körper mit einer Seele ausgestattet war.

»Tanzen« und »in Ekstase leben« waren die neuen Losungen für die Deutschen, sie traten an die Stelle der alten, überlebten patriotischen Vorschrift »fürs Vaterland sterben!«. Doch ist eine Losung so viel wert wie die andere, besonders wenn beide aus trüber Quelle kommen.

Alle jungen Mädchen aus gutem Hause, die früher davon geträumt hatten, Sängerin oder Krankenschwester zu werden, widmeten sich nun dem reinen Tanz und wollten Priesterinnen solchen Gottesdienstes werden. Jede erfand eine neue Form: den ekstatischen Tanz, den heroischen Tanz, den philosophischen Tanz. Eine predigte ausschließlich das Bewegen der Arme, die andere das Spiel mit den Gesichtsmuskeln, eine dritte ekstatisches Schwingen mit dem ganzen Körper. Kaum eine konnte jedoch mit ihren Beinen harmonisch tanzen.

Da sie bereit waren, sich zu opfern, hatten all diese bürgerlichen Iphigenien im *Tempel der Allgemeinen Verbrüderung* großen Erfolg.

Draußen ging Berlin in Kälte und Hunger vor die Hunde. Das deutsche Elend kam einer Katastrophe gleich. Einer antiken Legende zufolge gewährte Bacchus dem König Midas eine Bitte. Midas, der sehr habgierig war, erbat, daß alles, was er berührte, sich in Gold verwandeln sollte. Sofort wurde alles, die Bäume, Blumen und Steine, die er berührte, zu Gold, und bald konnte er sich brüsten, der reichste Mann der Welt zu sein. Doch, o weh, als er dann Hunger verspürte und sich zu Tisch setzen wollte, verwandelten sich leider alle Dinge, Fleisch, Früchte, Wein, die er berührte, gleichermaßen in Gold, und er hätte auf seinem Berg aus Gold Hungers sterben müssen, wäre ihm der gutmütige Gott nicht zu Hilfe geeilt.

Deutschland war zu hoffärtig gewesen und sah sich nun ähnlicher Bestrafung unterworfen: Alles, was es berührte, wurde zuerst zu Papier, dann zu Asche. Deutschland fiel nicht, wie manche glaubten, aus der Eisenzeit in die Steinzeit zurück, sondern in die Papierzeit. Bereits während des Krieges hatte man einen Vorgeschmack auf die Papierepidemie bekommen. Da Rohstoffe fehlten, hatte man sie nach und nach durch Papier ersetzt. Man sah Männer Papierkragen und Papiermäntel tragen, Frauen trugen Papierblusen und die Kinder Papierschuhe. Handtücher, Tischdecken und Bettlaken waren aus Papier. Ein Erfinder hatte sogar mit der Fertigung eines papierenen Fahrrads begonnen, dann war der Krieg beendet, und der Macht des Papiers schienen Schranken gesetzt. Fehlanzeige! Erst jetzt verbreitete sich die Papierpanik überall. Das Geld wurde über die Maßen aufgebläht. Nach Art der Blätterteigtörtchen vervielfältigte sich eine Mark unter dem Einfluß eines unergründlichen Geistes und wurde ein Bündel von tausend Blättern. Des ganzen Landes be-

Max Beckmann, Malepartus, 1919.

mächtigte sich eine seltsame Krankheit, die die Wissenschaftler mit Elephantiasis verglichen. Die Vervielfältigungsmaschine stand nicht mehr still, in der Berliner Notenpresse arbeiteten Zauberlehrlinge. Tausend Blätter wurden zehntausend, hunderttausend, Millionen, Milliarden, Billionen. Für eine Mark bekam man eine Billion in Scheinen, und für eine Billion in Scheinen konnte man kaum ein Kilo Brot und ein halbes Dutzend Eier kaufen.

Nun waren die meisten Deutschen brave Leute, sie glaubten noch an die Richtigkeit des Gregorianischen Kalenders, an die Rechtmäßigkeit des Strafgesetzbuches und an die Algebra aus dem Schulbuch. Jetzt tanzten Zahlen vor ihren Augen, die einst nur in astronomischen Büchern zu finden waren, und machten sie rasend. Milliardär zu werden, welch ein Traum, würdig der Gebrüder Grimm! Also verkauften sie für hundert Papiermilliarden ihre Möbel, ihre Häuser, Hunde, Klaviere, Gärten und ihre Töchter. Sie sahen hundert Milliarden auf ihrem Konto, doch wenn sie einen Monat später Geld abheben wollten, um ihre Fleischerrechnung zu bezahlen, mußten sie erfahren, daß dafür ihr ganzes Guthaben nicht mehr ausreichte. Für den Wert eines sechsstöckigen Hauses konnten sie noch nicht einmal eine Scheibe Schwarzbrot kaufen!

Ganz Deutschland war nur noch ein Reich aus Papier. Die öffentlichen Bauten, Brücken, Fabriken, alles Papier! Zeitungen überschwemmten Stadt und Land. Aufrüttelnde Nachrichten vergifteten Deutschland. Wie? Sind all diese Unglückseligen nicht verrückt geworden? Im Gegenteil, der Wahnsinn war ihre einzige Zuflucht. Er schläferte sie ein; in Massen verübten Klarsichtige Selbstmord. Väter vergifteten ihre ganze Familie mit Gas, wegen einer Gasrechnung, die sie nur nach zehn Jahren Sträflingsarbeit hätten bezahlen können, wenn sie überlebt hätten. Glückselig die Wahnsinnigen, die sich den Klassikern zuwandten, der Phänomenologie, der Numismatik, dem Taoismus oder einer der verschiedenen Sekten, die ihre Patente auf Gott angemeldet hatten.

Nur Finkelstein und mit ihm wenige versierte Kapitalisten hatten mit einer Weitsicht, die weitaus mehr die Bezeichnung »göttlich« verdiente als die Predigten und gelehrten Hirngespinste der Erlöser, das Wesen der Papierplage erkannt, die Deutschland damals den sieben Plagen der Heiligen Schrift hinzufügen sollte. Er spürte, daß man bei dieser Papierflut einzig darin Heil fand, alles Papier weit von sich zu werfen, als wäre es mit leicht entflammbarem Benzin getränkt. Nie eine Mark bei sich behalten, sich sofort von ihr befreien, wie von einem brennenden Stoff, sie wieder irgendwohin werfen, also irgend etwas kaufen! Die kommenden Monate hatte er eine wahre Herkulesarbeit zu leisten, um sein Haus von den überall hereinregnenden Banknoten zu reinigen. Er kaufte irgend etwas, Warenlager voll Stricknadeln, russische Kriegsschiffe, kanadische Seen, Rembrandts, Kinderwagenfabriken, ganze Straßen, Rennställe und eine Sammlung erotischer Zeichnungen.

An der Börse stiegen nur die Aktien der Gesav, sie erreichten eine außergewöhnliche Hausse, während alle »Realwerte« verfielen, die Brauereien, Kupfer- und Kaliminen, die Transport- und Versicherungsgesellschaften. Man hatte nur noch in den einen Wert Vertrauen, dessen Teilhaber der Messias war.

Aber Finkelstein besann sich als erster, daß auch die *Gesav*-Aktien nichts als Papier waren. Und sogar das Papier mit dem vergänglichsten Kurs. Er ließ sein gan-

zes Paket an einem Börsentag verkaufen und löste so Panik aus. Wie denn, wollte er das von ihm selbst zusammengezimmerte Unternehmen zu Fall bringen? Wollte er die Gesellschaft am Kurfürstendamm und seine Schützlinge fallenlassen?
Sicher handelte er nicht ohne Berechnung. Die Wendung, die die Feste auf dem »Jahrmarkt der Glückseligkeiten« genommen hatten, rief bei ihm Kopfschütteln hervor. Wie lange noch würde der Ruhm Odemars und Noras andauern? Er wurde ungeduldig. Dann zögerte er nicht länger, seine Bombe an der Börse zu zünden.

Odemar gegenüber hatte sich Finkelstein als guter Psychologe erwiesen. Dieser junge Germane war größer als die Rolle, die seine Zeit ihn spielen ließ. Hinter seiner Abenteurermaske verbarg sich eine außergewöhnliche Widerstandskraft, und trotz seiner nihilistischen Versessenheit lief er doch nicht Gefahr, im Rausch zu versinken.
Frau Finkelstein hingegen begann, im allgemeinen Delirium das Gleichgewicht zu verlieren, sie spielte die Hohepriesterin der Verderbtheit, betrank sich jeden Abend zusammen mit ihren Gästen und riß sich mit Charlestons die Beine aus dem Leib. Odemar fing an, diese in eine Furie verwandelte Bourgeoise zu verachten, dieses verhinderte Haus- und Küchenweib, das sein Puppenhaar durch den Schlamm Europas zog. Oft flüchtete er sich während solcher Orgien in sein Privatzimmer. Mit seinen Gästen wurde er kalt und feindselig.
Aber war er denn nicht der Anstifter von all dem? Er erfuhr die Qualen des Zauberlehrlings, der seinen Stoff nicht mehr beherrschte! Die Folter des Alchimisten, der mit einem Zauberspruch die Dämonen herbeizitiert

hatte und sich nicht mehr der Gegenformel entsann, mit der er den Exzeß hätte bannen können. Jetzt sah er wieder, wie verloren die Losungen waren, die heftigen Genuß und Ausschweifung forderten! Er ahnte, wie eitel und mittelmäßig sie alle waren, ob sie nun von Gott oder vom Satan profitieren wollten.

Die Leere und die niedrige Gesinnung der Weisen und Propheten brachte ihn zur Verzweiflung. Besonders vor all den großen Worten, die nur traurige Unfähigkeit verdeckten, empfand er Ekel. Nichts, gar nichts hatte ihn die eine Wahrheit vergessen lassen, daß wir Menschen aus Staub sind. Weder die Parolen von Vaterland und Ruhm noch die von Verbrüderung und Ekstase. Nichts!

Und die Liebe? Hatte er sie jemals gekannt? Sicherlich, Nora liebte ihn, doch war er ihretwegen nie erschauert, das war ihr nicht gelungen. Jetzt gestand er es sich ein. Lieben und erschauern ist jedoch alles, geliebt zu werden allein nichts.

Mehr und mehr bemächtigte sich seiner ein unabweisbarer Wunsch auszubrechen. Fort, fort von hier, gleichgültig wohin, in die Steppe, in die Wüste, weit fort von den Phrasen und Philosophien, von dem Durcheinander und der nichtigen Fassade der Menschen.

Mit einer unglaublichen Kehrtwendung war dieser Deutsche wieder einmal fähig, sich dem nächsten Extrem zuzuwenden. Eine metaphysische Brise wehte Odemar an und wollte ihn mit sich nehmen, weit weg vom Schlamm. Und bereits wenige Tage später bot ihm sein verhängnisvolles Schicksal Gelegenheit zu einem schnellen Entschluß.

Die Baisse der *Gesav*-Aktien hatte Aufruhr in den offiziellen Kreisen ausgelöst. Schon bald wurden Anzeigen erstattet. Eines Morgens gegen drei Uhr setzte eine Po-

lizeirazzia den täglichen Orgien ein Ende. Es trifft zu, daß der Kriegsminister sich unter den Gläubigen der *Allgemeinen Verbrüderung* befand und daß deshalb die Affäre vertuscht wurde.
Odemar jedoch hatte beim Alarm seinen Hut genommen und war durch das Küchenfenster geflohen, weniger um der Polizei zu entkommen, als vielmehr, um sich selbst zu finden!

Berlin, bleiche Stadt. Stadt bleiernen Zements. Stadt eisiger Winter. In Angstnächten plagt sie eine Vision: Rosa Luxemburg, ihr weißes Gesicht blüht auf dem Eis des Landwehrkanals, eine tragische Seerose. Der Schatten Liebknechts flieht, auf ewig gejagt, hinter des Tiergartens schwarzes Gebüsch, wo die wilden Augen seiner Mörder leuchten.
In den Nächten dieses schauerlichen Novembers tragen die Bogenlampen den Schleier der Trauer. Scheintote Stille erfüllt die Stadt. Doch kann das Eis den Lauf der Uhren, den Gang der Gerechtigkeit aufhalten?
Die Straßen sind lange, endlose Tunnel. Leer und tief wie Gletscherspalten. Unter felsschweren Wolken panzert sie hermetische Stille. Kein Fenster öffnet sein Auge. Nicht ein Hund verläßt sein Revier. Kein Schutzmann auf der Verkehrsinsel gebietet dem Mond bei seiner Runde Einhalt. Die Kioske sind eingekeilte Eisberge. Vierundzwanzig Grad Kälte.

Doch plötzlich klappern Schritte auf einem einsamen Platz, geschlagen wie auf Metall. Ein Fußgänger nähert sich, er läuft seit Stunden, seit Tagen. Es ist Odemar! Und trotz der Kälte pocht sein Blut.
Wohin geht er? Was sucht er? Seinen Schatten?
Sind die Steinhäuser hohl? Sind es Kessel, in denen unsichtbares Leben gärt? Erschöpft lehnt sich der Passant an eine Mauer, er hört drinnen eine Musik, wie im Inneren einer Muschel. Er tritt ein: ein großes Brauhaus.
Sofort hatte der Eindringling ein Jugendbild vor Augen: Der mit Lärm und Musik erfüllte Saal war eine Rheinlandschaft. Das Goldene Zeitalter, Frühlingszeit, blühende Wiesen, ein Ruinenturm auf moosigem Fels, mit Schießscharten bewehrt und efeubewachsen. Auf gol-

denen Wogen zog ein weißes Boot vorüber, aus ihm stieg ein wirkliches Lied.

Dieses Boot nahm das ganze Brauhaus ein, und Tausende von Gästen saßen darin zu Tisch. Tausend gleiche deutsche Köpfe: tausend Riesenschädel, rosa und durchsichtig wie Talgkugeln, rasiert oder kahl, fest auf gedrungene Nacken gepflanzt, auf drei Speckfalten. Die Gesichter waren ebenso nackt wie die Schädel und aufgeweicht vom Bier. Allein der Mund bildete ein großes Loch, das helle Bier ergoß sich hinein, und heraus tönte dröhnender Gesang:

»Die Wacht am Rhein.«

Ganz Germanien war hier versammelt, um die Ankunft des Triumphator-Biers zu feiern. Da war Herr Wotan mit der Goldbrille eines Chemieprofessors; Herr Fafner, höherer Beamter bei der Bahn; Herr Siegfried, Einzelhändler in Zigarren und Zigaretten, Moabit – Helden der alten Zeit, solide Zeitgenossen!

Und Odemar glaubte von Bonn und seiner Jugend zu träumen. Doch was war mit ihm geschehen? Welche tiefgreifende Veränderung hatte sein Gesicht verwüstet? Hatte ihn sein Lauf quer durch Berlin verwandelt? Hielt man ihn für einen Verrückten? Ein Ober sprang auf ihn zu und versperrte ihm mit Gewalt den Weg:

»Ausländer haben hier keinen Zutritt!«

So war er für seine deutschen Brüder ein Ausländer geworden!

Er verließ das Lokal. Wieder lief er kilometerweit im metallenen Abgrund endloser Straßen. Er überquerte von der Kälte rissige Brücken. Er lief an U-Bahntrassen entlang, die widerklangen von allen Schreien der Erde. Unter ihm schien der Boden leer wie ein Faß. War die berühmte Glut im Inneren erloschen wie sein eigenes Herz unter den Rippen?

Er begriff nicht, warum er sich so leer, so ohne Substanz empfand, ein Papierpüppchen auch er, das der Nachtwind mit sich forttrug. Er empfand sich einsamer als ein auf den Küsten Grönlands gestrandeter Seefahrer.

Da plötzlich sah er ein wunderbares Licht, wie ein Irrlicht in der Tiefe des Nebels. Er brauchte eine Stunde, um zu ihm zu gelangen, so sehr zogen Kälte und Erschöpfung die Kilometer in die Länge. Endlich angekommen, stellte Odemar zu seiner Freude fest, daß es ein Café war, und taumelte in seinen warmen Atem.

Mönchische Stille empfing ihn. Gravitätisch, feierlich wie im Auftrag einer höheren Macht baute sich ein Ober vor ihm auf, bedeutete Odemar, ihm zu folgen. Der Velour unter seinen Füßen war sanft wie Rasen. Das Café war mit kleinen runden Tischen eingerichtet, an jedem saß ein einsamer, in Grau gekleideter Gast und hatte den bleichen Kopf über ein Buch oder eine Zeitung gebeugt. Alle sahen sie einander ähnlich, und alle vollführten sie dieselbe Bewegung, wenn sie ihre Hornbrillen putzten. Kein Wort, nicht ein Räuspern. Hier war das Kloster der Intellektuellen, sie waren arm und keusch nicht eines Eides wegen, sondern aus Not, sie besaßen weder ein Zimmer zum Schlafen noch das Geld, um im Restaurant zu essen. Durch ein Wunder, das den Geheimnissen der Natur zugehört, wurden ihre Tassen mit Milchkaffee nie leer, auch nicht das danebenstehende Wasserglas. Sie rührten sich nicht von der Stelle, zweifellos waren sie dafür zu schwach. Sie sagten nichts, gewiß fühlten sie, daß jeder Kommentar überflüssig war. Nur in völligem Schweigen und mit wunderbarer Willenskraft hielten sie sich auf ihren Stühlen am Leben. Hätte jemand sie gezwungen, einen Schritt auf der Straße zu tun, wären sie gestorben wie Fliegen.

Alle Tische waren besetzt, und da Odemar niemand zu stören wagte, wollte er aus Angst und Verzweiflung schon wieder das Café verlassen, als einer der Gäste, der ihn schon länger musterte, aufstand, ihn zu sich winkte und einlud, Platz zu nehmen. Der Mann hatte einen Berg Papiere vor sich liegen, auf die er mit roten, grünen und blauen Stiften Notizen gemacht hatte. Ohne sich sofort vorzustellen, wie es in Berlin Brauch war, beugte er sich hinüber zu dem Neuankömmling, nahm seine linke Hand, drehte sie in alle Richtungen, beschnupperte und untersuchte sie dann aufmerksam mit einem Taschenmikroskop. Nach einigen Minuten genauer Betrachtung ließ er Odemars Hand wieder los, sprang von seinem Sitz auf und schrie mit emphatischer Stimme:

»Ich habe sie! Ich habe sie gefunden! Die Eurokokke!«

Dieser Schrei tönte in der dumpfen Stille des Cafés wie ein Notruf auf hoher See. Doch als wäre die Luft aus Watte gewesen, die keinen Laut durchdringen ließ, bewegte sich niemand von den anderen Gästen, keiner hob auch nur die Augen. Wie Tote, die atmen, waren sie allem gegenüber gleichgültig.

Als er wieder zu sich gekommen war, setzte sich der Fremde und ließ sich endlich herab, Odemar mitzuteilen, was er auf seiner Handfläche gefunden hatte:

»Die Eurokokke, mein Herr, Sie haben die Eurokokke. Sie werden das berühmteste Geschöpf unseres Jahrhunderts sein. Sie sind der erste Europäer, der von der Eurokokke befallen ist! Mein Herr, die Eurokokke ist die Reblaus der Europäischen Zivilisation, oder, um genau zu sein, der westlichen Zivilisation. Sie ist der Bazillus, der den Tod des Kontinents vorbereitet. Ich bin Professor der Chemie an der Universität von Philadelphia,

wohne aber schon seit zehn Jahren in Europa, um den Bazillus zu suchen, der Sie zerfrißt.
Ich fand zuerst die Eurokokke auf den Türmen von Notre-Dame. Diese sind stärker befallen als irgendein anderes historisches Bauwerk, stärker als die Pyramiden, das Straßburger Münster oder die Gräber des Prager Friedhofs. Von außen merkt man gar nichts: Weder Risse noch Löcher! Aber nach innen wird der Stein bis ins Mark hinein schwarz, verliert Gehalt und Gewicht und gleicht einem Schwamm, der allen Rauch und alle Tränen der Stadt in sich gesogen hat. Notre-Dame, lieber Herr, existiert schon heute nur in unserer Vorstellung, ist nur noch ein eingebildetes Gebäude, das weder den Glauben noch Gott, noch sonst etwas symbolisiert. Die Eurokokke hat es zerstört.
Ein wenig später fand ich den Bazillus auf einem Quartband aus dem sechzehnten Jahrhundert, den ich in Weimar erstanden hatte. Zuerst bemerkte man überhaupt nichts. Das vergilbte, stockfleckige Papier beherbergte die Parasiten jedes echten Ruhms, Läuse und Würmer hatten unter dem Einband Kanalanlagen und schattige Alleen gebaut. Aber nach langen, geduldigen Beobachtungen wies ich schließlich das Vorhandensein der Eurokokke nach. Das Buch, das von einem Ihrer großen Philosophen geschrieben worden war, hatte seine Bedeutung fast völlig verloren. Es war seines geistigen Gehaltes entleert. Die Sätze ergaben keinen Sinn mehr. Das Bändchen wog nur noch fünfundachtzig Gramm und büßte jährlich zwölf Prozent seines Wertes ein. Ich wiederhole, die Eurokokke zerfrißt die inneren Werte und vernichtet den Geist der Dinge.
Es dauerte lange Jahre, bis ich die Eurokokke auf einem lebenden Wesen identifizieren konnte. Und raten Sie mal, welches Tier mich die letzte Weisheit

Ihrer Zivilisation lehrte: ein Esel. Er gehörte einem der zahllosen Abfallsammler, die allnächtlich, zwischen zwei und sieben, die ganze Stadt absuchen und die im Abfall enthaltenen Geheimnisse der Menschen durchwühlen. Es ist sehr wahrscheinlich, daß gerade sie am meisten über die Wahrheit des Lebens wissen. Aber sie schweigen immer, und keiner sieht sie. Unter ihren Lumpen und der Maske des Elends sind sie beinahe unsichtbar. Sie schuften wie Sträflinge im eisigen Orkus der Straßen. Manchmal, wenn sie zu volle Kübel umwerfen, wecken sie erschrockene Schläfer, die in ihrem Bett aufgerichtet für eine Sekunde begreifen, daß irgendwo unbekannte Kräfte gegen sie am Werk sind. Aber immer schlafen sie wieder ein und überlassen ihre traurigen und eitlen Geheimnisse den Händen der Elenden. Es gab eine Zeit, da erhob sich auch zu diesen metaphysischen Stunden die Stimme eines Esels, er war vor das Wägelchen eines Abfalleimers gespannt, von dem man erzählt, daß sein Handwerk ihm eine Villa in Italien einbrachte. Diese Stimme aus Holz und Alteisen, diese klagende, schrille Stimme, die all die Verlorenheit der schlafenden Welt ausdrückte, war ebenso schrecklich wie die Stimme der Galeerensträflinge oder der Propheten in den Gärten der Könige, die Stimme der Vernunft und des Unheils.

Eines Tages stieß der Esel den längsten und schmerzlichsten Schrei seines Lebens aus und brach auf dem Asphalt zusammen. Kein Peitschenhieb, kein Fußtritt konnte ihn beleben. Aber er war nicht tot. Der Abfallsammler brachte ihn zu einem Veterinär, bei dem ich mich zufällig aufhielt. Zusammen machten wir folgende Entdeckung: Der Esel bestand nur noch aus Leder und Gerippe, seine Ohren und die Haut seines Rückens waren härter als seine Zügel geworden. Im Inneren hat-

te er keine Lungen, kein Gedärm und keine Milz mehr. Er war leer, von der Eurokokke zerfressen...
Seither konnte ich den Bazillus identifizieren. Seine Gestalt verändert sich je nach den Dingen oder Lebewesen, die er befällt. Noch nie habe ich ihn auf einem Menschen gefunden. Und jetzt finde ich ihn auf Ihrer Hand! Den menschlichen Eurokokkus. Lassen Sie sich umarmen, lieber Herr. Sie erweisen der Menschheit einen unermeßlichen Dienst.
Höchstwahrscheinlich sind auch Sie nach dem Beispiel der Steine, der Bücher und der Esel innerlich vollkommen leer. Vielleicht haben Sie kein Herz und keine Leber mehr. Das heißt, Sie glauben weder an das Herz Jesu noch an das Leben, trotz des großen Tam-Tam, das man im Moment veranstaltet, um einen neuen Christus anzukündigen. Daß ich nicht lache, mein Herr. Haben Sie schon von der *Gesav* gehört, diesem Lumpenpack, das den besten Trick der Welt gefunden hat, um den Armen und Verzweifelten das letzte Geld aus der Tasche zu ziehen, denn sie wissen nicht mehr, welchem Teufel sie ihre Ersparnisse in den Rachen werfen sollen. Krach. Konkurs, eine Baisse von fünfundsiebzig Prozent an der gestrigen Börse.
Aber was macht das jetzt noch? Ich habe den Beweis, daß wir das Ende der Welt in der Hand halten. Europa stirbt. Sie, mein Herr, sind anerkanntermaßen der erste Träger dieses zerstörenden Bazillus. Ich muß Ihnen einfach gratulieren!«
Odemars Schläfen schlugen wie eine Sturmglocke, sein Herz war schwer wie eine bleierne Kugel. Er fragte sich, wer er war, was er an diesem Ort zu suchen hatte. Wann hatte er Nora, den Kurfürstendamm und das alles verlassen? Wie viele Monate oder Tage waren seither verstrichen? Unerhörte Dinge waren geschehen. Erdbe-

ben und Verbrechen aus Leidenschaft, Regierungen waren gestürzt worden, der Zusammenbruch der *Gesav* an der Börse... Plötzlich bekam Odemar Angst. Er verspürte keinerlei Lust, aus seiner schmerzlichen Starre zu erwachen, sich diesem beängstigenden Amerikaner zu erkennen zu geben, die Phrasen über Fortschritt, Unheil, Dekadenz der Menschheit wiederzukäuen... Nichts mehr wissen! Vergessen! Fliehen! Vor allem, nichts mehr wissen. Und obwohl die Straßen draußen kalt waren, schwarz und ungastlich, entwich er wie ein Verbrecher – und ließ seinen Hut hängen.

Wieder war er in der polaren Stille der Nacht.

Gab es denn keine sanften Wiesenhänge mehr in dieser Welt, wo man sich unter einer bedächtigen Pappel, die des Zephirs Botschaften empfing, in den weißen Klee legen konnte, wo man den Märchen lauschen konnte, die ein aus den südlichen Gefilden zurückgekehrter Vogel erzählte?

Er ging durch die Mommsenstraße. Auf der Höhe der Nummer 133 berührte ihn jemand und murmelte unverständliche Worte. Dann holte er einen Schlüsselbund hervor, öffnete vor Odemar eine Tür und forderte ihn auf, einzutreten. Odemar spürte, daß er nichts mehr zu verlieren hatte, und folgte ihm. Auf der Treppe ging Licht an. Im zweiten Stock flogen seine Handschuhe und der Übermantel wie im Zauber eines Feenmärchens davon. Eine schneeweiße, rosaäugige Dogge umschlich ihn hochbeinig, scheinbar melancholisch, doch sicher war sie bösartig wie ein Fleischerhund. Odemar faßte in ihr großes, nasses Maul, als wollte er sich seine Hand waschen. Doch da öffnete sich eine Saaltür, und er spürte, wie er zu einem riesigen Tisch hingezogen wurde, auf dem eine Roulettekugel wie eine Mahagonisonne kreiste. Dieser brennende Stern schien als einziger noch seine Kreise zu ziehen, seit langem mußte die wirkliche Sonne erloschen sein, wo Deutschland doch so schnell erkaltete. Um den grünen Tisch versammelten sich die letzten Überlebenden Europas, um sich an Illusionen und falschem Reichtum zu wärmen. Eine alte Dame, sie war Gräfin und Taufpatin des Kaisers, wie man Odemar ins Ohr flüsterte, hielt die Bank. Sie hatte zehn Ringe, einen an jedem Finger, trug ein Monokel, rauchte eine dicke Zigarre und rief die Zahlen wie Kommandos aus, mit der Stimme einer Obristin der Todeshusaren. Überall befingerten Männer mit fiebrigen, grauen, verschrumpelten Händen Bündel von Geldscheinen, Billionen, Trillionen, sie waren vom Papier berauscht.

Odemar setzte sich an das Ende des Tisches und spürte bald die Wärme der Dogge, die ihm zu Füßen lag. Er setzte auf die Zwei.

Die Zwei ist eine wohlwollende Zahl und birgt viel Glück. Sie ist nicht so abgenutzt wie die Drei, von der die Barbiergehilfen träumen. Die Zwei ruht fest auf ihrer Wurzel und steigt dann wie eine Blume auf, die sich um sich selbst windet. Sie gleicht einem Seepferdchen. Sie hat in der Mitte des Kopfes ein Auge voller Rätsel, das Auge einer Eule, eines alten ägyptischen Gottes. Die ganze Zeit setzte Odemar nur auf die Zwei. Und immer gewann er. An diesem Abend hatte die Zwei eine wunderbare Anziehungskraft. Keine andere Zahl hielt an ihrer Seite stand. Die Eins ist ein langer, brotloser Tag. Die Vier ein unentwirrbares Rätsel-Quadrat, unendlich wie ein Satz von Beistelltischen, ein chinesischer Kopfzerbrecher. Die Fünf ein gefährliches Rätsel, eine Sphinx, die man besser meidet. Die Sechs ein dikker, phantasieloser Rentier, ein leeres Faß. Die Sieben könnte vielleicht mit ihrem schlanken Körper verführen, doch kennt man sie zu gut, sie ist fad wie das blonde Mädchen, das man mit fünfzehn geliebt hat, es roch nach dem Weihrauch der Erstkommunion und nach Schweiß. Die Acht, die Zahl der Kabbala, ist eine Schlange, die sich in den Schwanz beißt und zu nichts führt. Schließlich die Neun, groß, bleich und ohne Rückgrat, man bekommt sie nicht zu fassen, eine Null mit Schwanz.

Odemar hielt sich an die Zwei.

Morgens um neun hatte er, umringt von den letzten vier Spielern, die geblieben waren, weil sie seinen Zusammenbruch mitansehen wollten, genug gewonnen, um die ganze deutsche Handelsflotte zu kaufen.

Brennend vor Müdigkeit wandte er sich nun um, als erwachte er aus einem Alptraum, er wollte sehen, wo er war. Ein befremdlicher Ort, diese armselige Wohnung eines Briefträgers im Ruhestand. Rechts vom Eingang hatten die beiden jungen Töchter des Postmannes in einer engen Küche die ganze Nacht hindurch bottichweise schwedischen Punsch zubereitet. Der Vater spielte den Türsteher und zitterte, wenn es klopfte, denn er fragte sich bei jedem neuen Gast, ob dieser nicht ein Detektiv oder Polizist sei. So groß war seine Angst, daß er im Grunde seines Herzens Gott auf Knien bat, ihm endlich die Polizei zu schicken. Doch seine Frau zwang ihn, die Spielhölle weiter zu betreiben. Sie erhoffte sich große Chancen für ihre Töchter, Irmelinde, die bleiche Blonde, und Bertha, die mollige Brünette. Die dem Eingang gegenüberliegende Tür führte in das Schlafzimmer der Familie. Dort verschwanden auf dem alten, granatroten Plüschsofa, Großmutters Sofa, viele farbenfrohe Geldscheine, die zuvor unter der Mahagonisonne gewonnen worden waren, in den Battisthemden der beiden Fräulein.

Wie hatte Odemar eigentlich die verhexte Zwei gefunden? Er sah plötzlich Irmelindes große blaue Augen auf sich ruhen und erinnerte sich, daß sie ihm zu Beginn des Abends die schicksalsreiche Zahl ins Ohr geflüstert hatte, außerdem stand die Zwei in Form einer blonden Schmachtlocke auf ihre linke Schläfe geschrieben. Ihretwegen hatte er also gewonnen, ihr hatte er dieses wunderbare Vermögen zu verdanken! Wie sollte er sich ihre Komplizenschaft erklären, wo sie ihn doch gar nicht kannte? War seine Anziehungskraft auf Frauen noch so groß? Irgend etwas suchte er in dieser toten Stadt, war es nicht die Liebe, und war sie nicht hier, genau vor ihm?

Er hatte den Eindruck, zum ersten Mal seit Wochen nicht mehr zu frieren. Zwei Augen bedeckten und erwärmten ihn.

Nun hatte auch Irmelinde in dieser Nacht ein großes Spiel gewonnen. Wie er auf die Zwei, so hatte sie auf Odemar gesetzt. Sie hatte ihm nicht nur ein Vermögen verschafft, sie hatte sich auch schon um seine Anlage gekümmert. Die Männer, die in diese kleinbürgerliche Wohnung kamen, um sich zu ruinieren, waren die großen Börsenspekulanten Berlins, und die erzählten ihr jede Nacht von ihren Erfolgen und Verlusten.

Gegen vier Uhr früh, als Odemar schon zu gewinnen begann, suchte Herr Cohen, Direktor der Bleischröder Bank, das süße Kind auf, um bei ihr auf Großmutters Sofa Trost zu finden, und zwischen zwei Küssen erzählte er ihr die Transaktionen des Tages:

»Ich habe für hundertfünfundzwanzig Dollar einen russischen Panzerkreuzer gekauft, dann für ein paar Billionen ein siebenstöckiges Haus am Alexanderplatz und zuletzt, halt' dich fest, für genau zweiundvierzig amerikanische Dollar eine Insel an der dalmatischen Küste, eine kleine, schattige Insel, wie Böcklins Toteninsel. Aber meine Frau hat mir eine Szene gemacht, sie ist abergläubisch und will, daß ich die Insel um jeden Preis wieder verkaufe.«

»Oh, geben Sie mir diese Insel, Herr Cohen!« sagte Irmelinde und schmiegte sich an ihn.

»Finde Käufer! Einen Liebhaber, der mit dir dorthin geht. Du bekommst zehn Prozent!«

»Für einen richtigen Kuß auf den Mund!« bettelte das Mädchen.

»Sie heißt Isola Lucerta. Ein altes Fürstentum. Der Käufer erwirbt gleichzeitig einen Prinzentitel.«

»Dann schießen Sie mir die zehn Prozent vor!«

»Ich gebe sie für vierzig Dollar her!« antwortete Cohen in geschäftlichem Ton. Dann kehrte er zum Spieltisch zurück, um das Zwanzigfache dieser Summe zu verlieren.

Irmelinde hatte ihren Prinzen schon gewählt. Als alle Spieler verschwunden waren, brachte sie die Rede auf die Insel und ihr Herz. Als Kavalier konnte er die Bitte der kleinen Fee nicht abschlagen und versprach ihr, sie dorthin zu führen, dies fiel ihm um so leichter, als auch er keinen anderen Wunsch hatte, als Berlin, diese Hölle aus Schnee und Zement, zu verlassen.

»Wir nehmen den Orient-Expreß!« rief Irmelinde aus und klatschte in die Hände. »Nicht wahr, wir fahren über Paris. Wir reisen im Schlafwagen! Und an einem schönen rosenfingrigen Morgen sind wir an der Adria!«

Ja, zu solchen Träumen war eine junge Berlinerin des Papierzeitalters fähig! Oh, Deutschland, Land der Erzählungen Jean Pauls und der Nibelungen-Sage! Noch im zwanzigsten Jahrhundert lebten bei dir Feen und

Menschenfresser, und immer werden sie in den Herzen deiner Kinder leben!

Odemar sah auf die Schwarzwalduhr, die das Eßzimmer des Briefträgers schmückte, gerade schaute ein Kuckuck heraus und sagte zehn Uhr an. Er beschloß, sofort Herrn Cohen anzurufen und ihm die Insel abzukaufen. In drei Minuten war das Geschäft perfekt und ein Treffen bei dem Notar des Bankiers vereinbart. Denn damals war es unumgänglich, daß man Geschäfte schnell abschloß. Odemar hatte sein Vermögen gezählt und wußte, welchen Wert es jetzt darstellte, doch mittags konnte es im Verhältnis zum Dollar nur noch die Hälfte wert sein.

Odemar hatte sich den Kaufvertrag der Insel Lucerta mit dem dazugehörigen Prinzentitel beim Notar ausfertigen lassen, jetzt verließ er zusammen mit Irmelinde, die darauf bestanden hatte, ihn zu begleiten, dessen Büro; sie gingen zu Kempinski, um Krebssuppe und Kaviarschnitten zu essen. Da Odemar keine Brotmarke bei sich hatte (man erhielt sie auf dem Bürgermeisteramt seines jeweiligen Wohnbezirks, und Odemar war auf der Flucht), konnte der Ober sich eine Bemerkung nicht verkneifen: »In Zeiten des Hungers ist der Kaviar immer billiger als die Scheibe Brot, auf der er liegt!«

Zum Nachtisch verlobten sich Odemar und Irmelinde. Dann trennten sie sich, damit jeder seine Vorbereitungen treffen konnte. Sie verabredeten sich für den Abend des folgenden Tages am Bahnhof Zoo beim Zug nach Paris, zwei Minuten nach zehn.

Odemar spürte, daß er trotz seiner brennenden Sehnsucht, auszubrechen, einige Dinge zu regeln hatte, bevor er sich aufs neue einer vollkommenen Verwandlung unterziehen konnte. Wie lange war es her, daß er den Kurfürstendamm verlassen hatte? Was war dort inzwischen vorgefallen? Und Nora? Es kam ihm plötzlich vor, als habe er in einem Bann restlosen Vergessens gelebt. Er war durch Berlin wie durch eine Steinwüste geirrt, ohne sich seiner Kameraden, Freunde und Bekannten zu erinnern. Sein Gesicht war verwüstet. Sein Weg hatte ihn die Abgründe der Angst und des Entsetzens entlanggeführt. Er hatte gelebt wie in einer Hoffmannschen Erzählung.

Dann war da der Anblick der blonden Irmelinde gewesen, der Einfluß unbesiegbarer Liebe hatte ihm die Augen geöffnet. Er mußte ihr gerecht werden, und er mußte handeln.

Er stand am Rande des Bürgersteigs am Potsdamer Platz und sann darüber nach, ob er in eine Taxi-Droschke springen sollte, um völlig überraschend »nach Hause« zu fahren, als er hörte, wie jemand ihn rief:

»Sind Sie es, Doktor Odemar?«

Finkelstein traute seinen Augen nicht. Bevor er zugab, daß sein Rivale vor ihm stand, mußte er ihn anfassen.

»Zwölf meiner Detektive suchen Sie überall in Berlin. Aber auf dem Potsdamer Platz finden sie Sie nicht!«

»Am besten versteckt man sich bekanntlich am hellichten Tag in aller Öffentlichkeit. Aber was wollen Sie von mir?«

»Sie sind mir der Richtige! Sie wissen also von nichts! Die *Gesav* hat Konkurs erklärt! (Mir kann's egal sein, ich habe alle meine Aktien verkauft.) Dreißig religiöse Sekten wollen gerichtlich gegen Sie vorgehen. Andere sind bereit, Sie wegen Verletzung der guten Sitten und Verführung Minderjähriger anzuzeigen. Alles, was Sie für die *Allgemeine Verbrüderung* getan haben, wird Ihnen nun zur Last gelegt.«

»Dann verachten Sie mich jetzt! Sie können zufrieden sein!«

»Im Gegenteil, lieber Freund, im Gegenteil! Wissen Sie, was mir wegen Ihrer Flucht zugestoßen ist?«
»Nora ist an den häuslichen Herd zurückgekehrt!«
»Im Gegenteil, lieber Freund, im Gegenteil! Sie hat die Scheidung eingereicht!«
»Wie?«
»Ich bin der unglücklichste aller Männer. Sie liebt Sie!« jammerte Finkelstein.
»Aber das ist reiner Wahnsinn! Das hätte sie nicht tun sollen!«
Mitten auf dem Potsdamer Platz, vor dem kleinen griechischen Tempel, der das Postamt beherbergt, vergoß Finkelstein heiße Tränen.
Gerührt faßte Odemar bei dem unglücklichen Liebhaber unter. Er überlegte kurz und sagte dann:
»Hören Sie mir zu, mein Guter. Wir werden das schon machen. Ich bin nicht mehr der Dr. Odemar, den Sie gekannt haben. Ich bin ein anderer Mensch geworden, mit einem neuen Geist. Vielleicht haben mich deshalb Ihre Detektive nicht entdeckt. Ich liebe! Zum ersten Mal in meinem Leben liebe ich! Und nicht Frau Finkelstein! Geben Sie mir nur zweihundert Billionen, und ich verschwinde!«
»Aber ich bin geschieden«, jammerte Finkelstein, »was nützt mir das denn jetzt?«
»Beruhigen Sie sich! Gehen Sie nach Hause und warten Sie auf einen Anruf! Ich mach' das schon!«
Odemar rief eine Droschke und ließ sich zum Kurfürstendamm fahren. Er fand den Tempel der Verbrüderung sperrangelweit offen. Er durchirrte die in verwahrlostem Zustand zurückgelassenen Räume wie eine Ruine. Nicht ein Bediensteter. Im großen Mittelsaal die Unordnung der letzten Nacht. Nachdem er durch alle Zimmer gerannt war, fand er endlich Nora, sie saß in

Trauerkleidung vor einem kleinen Schreibtisch, der mit einem Haufen Papier, darunter gestempelte Formulare, bedeckt war.
»Ich wußte, daß du wiederkommen würdest, mein Odi!« sagte Frau Finkelstein und warf sich in seine Arme. »Ich bin dir überhaupt nicht böse, weil du mich verlassen hast. Ich werde dir keine Szene machen und nicht ein bißchen weinen. Selbst wenn du mir sagst, daß du eine andere liebst, muß ich mich mit dir freuen. Denn was ist Liebe? Das Glück dessen, den man liebt, erstreben. Wenn ich dich liebe und du bist glücklich mit einer anderen, dann muß ich wünschen, daß du sie liebst. Alles andere ist Selbstsucht. Meine Großmutter hätte dir eine Eifersuchtsszene gemacht. Meine Mutter würde dich mit Radau verlassen. Sieh, was ich tue, um dir zu beweisen, daß ich dich liebe!«
Triumphierend hielt sie Odemar eine Akte vor; die Scheidung, die sie gegen ihren Ehemann erwirkt hatte. Odemar war bestürzt. Eine so überwältigende Liebe machte ihn ratlos. Zum ersten Mal war er im Begriff, die Freiheit, den Fortschritt und die Psychoanalyse zu hassen. Sie machten das Leben so unkompliziert, ließen alle sinnvollen Verdrängungen zunichte werden, öffneten die Beziehungen zwischen Mann und Frau für Offenheit und Großherzigkeit auf so unerträgliche Weise, daß einem die Freude am Leben und an der Liebe vergehen konnte, denn Ausgeglichenheit und Sicherheit folgten, die Vorzeichen von Abgeklärtheit und Langeweile, und diese waren die Mitgift von Himmel und Tod!
»Deine Scheidung? So eine Dummheit!« sagte Odemar.
»Könnte ich dir besser meine Liebe beweisen?«
»Aber du beweist mir damit genau das Gegenteil! Du

zwingst mir damit ein moralisches Gefühl der Dankbarkeit auf, das die Unbefangenheit meiner Gefühle belasten wird. Du zerstörst die Freiheit, denn in ihrem Namen willst du dich an mich binden. Du schaffst also die Freiheit der Wahl ab! Du stellst mich vor vollendete Tatsachen, diese schaden der Liebe, denn sie ist unwägbar!«

Nora senkte den Kopf, wie ein kleines Mädchen, das man gescholten hatte. Sie war mit ihrem Latein am Ende. Er hatte sie mit ihren eigenen Waffen geschlagen. Sie überlegte, ob sie nicht in Tränen ausbrechen sollte wie die allerdümmste Gans Deutschlands.

»Aber was soll ich denn tun?« seufzte sie und erbleichte.

Odemar, ganz auf Abstand, spielte mit dem Brieföffner und tappte mit einem Fuß ungeduldig auf den Boden, wie der jugendliche Liebhaber in einer Komödie. Da nahm Nora, schwach schluchzend, es war der einzige Schluchzer, den sie ihrem Herzen zugestand, mutig den Telefonhörer auf und rief Finkelstein an:

»Hallo, bist du's, mein kleiner Samuel? Wie geht es dir? Essen wir heute abend miteinander? Hast du übrigens so ein kleines Stück Papier vom Gericht bekommen, das dich von unserer endgültigen Scheidung unterrichtet? Ich wollte dich erschrecken, wollte sehen, ob du mich noch liebst, vor allem wollte ich mich vergewissern, ob du ein moderner Mann bist. Alles nur Attrappe. Na bestens, du hast es genommen wie ein echter Tristan nach einer Psychoanalyse! Ich liebe dich. Du verstehst wirklich, was Liebe heißt. Als du, ohne zu murren, dem Bruch unserer gesetzlichen Bindung zugestimmt hast, wußtest du, daß ich in völliger Freiheit um so schneller wieder in deine Arme zurückkehren würde. Möchtest du, daß wir heiraten?«

»Mit dem größten Vergnügen!« antwortete eine schwere Stimme am anderen Ende der Leitung. »Sofort schicke ich meine Sekretärin zum Standesamt, daß sie das Aufgebot bestellt.«
Als Nora sich umwandte, um nach einer so mutigen Entscheidung die Huldigungen ihres Liebhabers einzusammeln, war dieser schon verschwunden, denn er fand, ihm bliebe hier nichts mehr zu tun.

Odemar ging den Kurfürstendamm entlang, als wandelte er in lieblicher Dämmerung einen Pfad mit blühenden Heckenrosen, er ging über eine Wiese, wo zwischen den erschreckten Augen der Margeriten ein kleines Bächlein plätscherte, das mit dem Platinschimmer der Weidenbäume gefüttert war. Er ging der Landschaft seiner ersten Liebe entgegen, einem Hügel Thüringens...
Er liebte, er liebte aufs neue! Oh, welche Erlösung von einem langen Winter, der ihm auf der Seele gelastet hatte!
Und wen er liebte! Irmelinde, welch ein Name! Ebenso schön, ebenso melodiös wie Brunhilde, Melusine, Kunigunde, die Prinzessinnen seines Volkes! Diese Blonde raubte ihm die Ruhe, diese schillernde Welle, mit blaugrünen Teufelsaugen, mit Porzellanfingern, Libellenflügeln. Du *Femme fatale*, jeder Deutsche harrt deiner, um einmal in seinem Leben deinen Atem wie ein Rauschgift einzusaugen, um sich unter der Peitsche in deinen elektrischen Händen zu krümmen.
Irmelinde. Gestern noch die Tochter eines Postboten, schwedischen Punsch für die Gäste zubereitend, hatte sich durch Odemars Willen und seine Liebe zur Nymphe mit Fischschwanz gemausert, zur Sphinx mit Löwinnenkörper, zum arglosen Ungeheuer, zum gefährli-

chen Schäfermädchen. So wollte er sie haben, also würde sie so werden. Außerdem, war es nicht sie, die ihn aus seinem steinernen Schlaf erlöst hatte? Sie und das blonde Zeichen auf ihrer Schläfe, das ihm die schicksalhafte Zahl gewiesen hatte, die das Glück in sich trug? Sie, die eine märchenhafte Insel entdeckt hatte, wo sie beide eine heldische Legende durchleben würden? Sie, die ihm das Wort Paris ins Ohr geflüstert hatte und so seine preußische Starre schmelzen ließ?

Er, Prinz von Lucerta, würde Paris erobern und seiner Schönen zu Füßen legen. Dann würden sie weit von den eitlen Vergnügungen des modernen Europa, weit vom Sodom an der Spree und vom Ninive an der Seine entfernt, jenseits der Ebenen Italiens auf den antiken Meeren einer verzauberten Insel entgegensegeln und dort das Leben mit vollen Armen pflücken, zurück zur Natur, zurück zur Liebe.

So war der neue Rausch des Doktor Odemar beschaffen, der ihn den Kurfürstendamm entlangtrieb.

Sorgfältig bereitete Odemar seine neue Reise vor, neuem Leben, neuem Gesetz entgegen. Er mußte dem kollektiven Tod entkommen, der Eurokokke und dem Papierregen, mußte Berlin, seine Propheten und seine Mörder ihrem jämmerlichen Schicksal überlassen.

Da er Beziehungen zu allen Botschaften hatte, war es für ihn ein leichtes, einen Paß zu bekommen, während man einfachen Staatsbürgern gegenüber diesbezüglich recht kleinlich ist. Mit seinem Schmiß, den er den feinen Händen des Prinzen von Thurn und Taxis verdankte, und mit dem Titel eines ehemaligen zukünftigen Volkskommissars für das Gesundheitswesen war er eine Persönlichkeit, der die Behörden nichts verweigerten, er hatte sogar die Macht, unentdeckt über den Potsdamer Platz zu gehen.

Von allen Seiten gab man ihm Empfehlungsschreiben mit. Nach wenigen Stunden war sein kleines Notizbuch angefüllt mit den Adressen der allerhöchsten Persönlichkeiten von Paris, daneben die Anschriften der geheimsten Freudenhäuser. Zwanzig Mal flüsterte man ihm ins Ohr: »Vor allem dürfen Sie *Le Chabanais* nicht vergessen!« So hatte die Hauptstadt Frankreichs in seiner Phantasie, lange bevor er sie erreicht hatte, zwei »Glanzpunkte«: den Eiffelturm und *Le Chabanais*.

Am Ende beschloß er aus Dankbarkeit oder Sentimentalität, seine letzten Stunden in Deutschland bei seinem alten Kameraden Wilhelm Wander zu verbringen, dem er an dem denkwürdigen Abend des großen Einweihungsfestes der *Gesav* seinen Besuch versprochen hatte.

Auf dem Kärtchen, das Wander ihm zugesteckt hatte, stand als Adresse das siebte Stockwerk im vierten Hinterhof eines Gebäudes in der Leibnizstraße, und Odemar staunte nicht schlecht, dort den Namen des be-

Georges Annenkoff zu Yvan Golls Roman Eurokokke, 1927.

rühmten Malers Ypsilon zu lesen. Offenbar hatte der neue Christus bei ihm Unterschlupf gefunden.
Ein Gnom öffnete ihm. Auf seinen schwächlichen, mißgestalteten Körper von äußerster Hinfälligkeit, der von einem monströsen, spitzen Buckel verunziert wurde, war ein so dicker Kopf geschraubt, daß man fürchtete, er könne jeden Augenblick herabstürzen wie eine Maske, die Schauspieler tragen, wenn sie Tiere oder Fabelwesen darstellen. Dieser Kopf war nicht rund, sondern verformt und mit Beulen übersät; der völlig kahle, violette Schädel leuchtete schimmernd, wie jene Facettenkugeln, die man früher benutzte, um Falken zu jagen. Hinter backsteinroten Lippen stachen in unregelmäßigen Abständen sauer-gelbe Zähne hervor.
Ypsilon galt als der Vater des Expressionismus in der Malerei. Er war jedenfalls Expressionist im alltäglichen Leben und hatte einen derart wunderlichen Charakter, daß er sich nie den Gepflogenheiten seiner Zeitgenossen anzupassen vermocht hätte. Er lebte unter Hexen und Menschenfressern. In ihm spukte es wie in den Burgruinen am Rhein.
So ging er zum Beispiel nur mit zwei dicken Knüppeln in den Ärmeln versteckt auf das Klosett, das von seinem Atelier durch einen langen Korridor abgetrennt war. Er hatte Angst vor dem Feuer, er fürchtete so sehr, ein Brand könnte ausbrechen, daß er jede Nacht wach lag und erst bei Morgengrauen einschlummerte. Allerdings liebte er die Farben des Feuers, und die meisten seiner Werke waren wunderbare Variationen in Rot. In seinen Gemälden war alles rot: Bäume, Städte und die Augen der Frauen; vielleicht dachte er, er könnte so Meister des Feuers werden. Als Vegetarier war sein Lieblingsgericht Tomatensuppe, die er sich selbst in einem Topf aus rotem Ton zubereitete.

Auf die gleiche Weise umgab er sich mit Attributen des Todes, den er ebenso fürchtete. Überall auf seinem Tisch, den Regalen, dem Fensterbrett befanden sich Totenschädel in allen Größen, Gebeine und Kreuze. Statt Gläsern benutzte er Schädel: kleine Kinderschädel für Schnäpse, einen Frauenschädel für Milch und für das Bier die dicken Hirnschalen verstorbener Arbeiter. Selbstverständlich nahm er auch Schädel als Farbtöpfe.
Trotz seines Ruhms lebte er in großer Einsamkeit, war aber glücklich, wenn jemand an seine Tür klopfte. Er lud jeden sofort ein, bei ihm die Nacht zu verbringen, aus Furcht vor Mördern und dem Feuer. Wander hatte sich schon seit einigen Wochen in seinem Atelier niedergelassen und schien keinerlei Lust zu verspüren, sein Lager wieder abzubrechen. Einziges Ungemach war, daß Ypsilon ihn nicht schlafen ließ. Entweder las er die Texte Spinozas in Latein laut vor, er verfiel dabei in einen beschwörenden Singsang wie ein Priester in der Kirche, oder er nötigte ihn zum Tarock, das er mit mittelalterlichen Karten spielte, wobei er sich an der lieblichen Pique-Dame oder am Bart des Kreuz-Königs ergötzte: eine irreale Welt für sich, mit ihr lebte der Maler vertrauter als mit den Leuten, die um ihn waren.
Wenn der Tag graute, stand Ypsilon auf. Er trank den letzten Rest Sherry-Brandy oder Pilsener Bier aus seinen Schädeln, schlich sich dann in das Treppenhaus und nahm sich seinen Schluck frischer Milch oder ein Brötchen, von dem, was vor den Türen seiner Mitmieter stand. Erst dann legte er sich schlafen.
»Wohnt hier mein Freund Wander?« fragte Odemar.
Der Gnom trat Fratzen schneidend beiseite, und mit seiner kränklich-weißen, beinahe weiblichen Hand, die nicht zu seinem übrigen Körper zu gehören schien,

schob er einen völlig ausgefransten Wandbehang zurück und bedeutete dem Besucher, das Atelier zu betreten.

Wilhelm Wander lag ausgestreckt auf einem Diwan, der aus sechs alten Shell-Ölkanistern bestand und mit Zeitungen, Lumpen und einem Bettvorleger bedeckt war. Der Prophet war in ein altes Leintuch gemummt, das er als Mantel benutzte, und er klapperte mit den Zähnen im Takt eines Foxtrott. Die Kälte erreichte zweiundzwanzig Grad, aber Ypsilon hatte nur Steinhäger als Brennstoff, einen bekannten Markenschnaps. Der Bart des neuen Christus hing grau, ins grünliche schimmernd herunter, als hätte man ihn jetzt schon wieder ans Kreuz geschlagen.

»Also, deine Genossenschaft der Götter hat wohl nicht floriert«, begann er ohne jede Begrüßungsformel. »Das hätte ich dir gleich sagen können!«

»Ich komme als Privatmann«, antwortete Odemar. »Sieh in mir deinen alten Bonner Kameraden Odemar, der sich sehr zu einem netten Kerl wie Dir hingezogen fühlte, der Du warst. Wollen wir nicht Gott beiseite lassen?«

»Und worüber wollen wir reden? Wir werden immer wieder auf die Füße fallen. Aber bitte, versuchen wir es. Erzähle uns dein Leben.«

»Schluß mit dem spirituellen Klimbim. Wir müssen uns verändern, voranschreiten! Ich habe ein neues Ziel gefunden: die Natur! Auch nach Rousseau kann dieses Thema noch einmal angegangen werden. Ich reise auf eine Insel im adriatischen Meer und werde mich vielleicht dem Ackerbau widmen. Was aber sicher ist, ich werde mich dort der Liebe widmen!«

»Private Liebe?« fragte Wander.

»Genau.«

»Schade!« knurrte Wander.

Und Odemar erzählte die Geschichte seiner Flucht, von der Nacht, in der er gespielt hatte, von Irmelinde und der Isola Lucerta. Er hatte genug davon, immer wieder der Menschheit bei ihrer Befreiung aus dem Abgrund behilflich zu sein. Die Politik hatte ihn enttäuscht, denn Deutschland hatte eine kinderleichte Revolution in den Sand gesetzt. Weil das Proletariat acht Tage nicht auf dem Posten war, hatte es hundert Jahre Freiheit verloren. Man müßte alles noch einmal von vorn beginnen. Aber nicht mit ihm, nicht mit Odemar! Die Proletarier sollten selbst da herausfinden. Sie mußten leiden, nicht er. Und wenn sie sich lieber Sozialdemokraten nannten und weiterhin Sklaven blieben, war das ihre Sache. Die Intellektuellen hatten genug davon, sich für taube Ohren die Lunge aus dem Hals zu schreien.

»Was den Eintopf aus Gottheiten angeht«, sagte er in bitterem Ton, »so erinnerst du dich sicher an die Speisenfolge unseres Festes. Dem ist nichts hinzuzufügen.«

»Vielleicht hast du recht«, gab Wander zurück. »Du vergißt nur eines, nämlich mich, ich bin der wahre neue Christus!«

Odemar wollte lächeln, doch er bekam Mitleid mit ihm.

Der Prophet fuhr fort: »Du hast Glück. Ich fühle, daß diese seelenlose Stadt Gottes Gnade für immer ablehnt. Vielleicht werde ich sterben, ohne daß man mich erkannt hat. Ich hätte mir eine andere Gegend aussuchen sollen. Hast du schon von Ascona gehört? Dieses kleine Fischerdorf wäre beinahe das Nazareth eines neuen Europas geworden. Dort wurde an den blühenden Ufern des Lago Maggiore die erste Kommunistische Republik des zwanzigsten Jahrhunderts gegründet, lange vor dem Krieg und der russischen Revolution. Oh, hätte ich Oedenkoven früher gekannt, er wäre mein Johannes der Täufer geworden. Ihm fehlte ein Mann des Glaubens wie ich. Er hatte schon den richtigen Gedanken und die wahre Formel: Er wollte einen freien Staat auf den Prinzipien der Arbeit und der Nächstenliebe gründen. Wie Nobel, der das Dynamit erfand und dann einen Preis für den Frieden stiftete, entschloß sich dieser Holländer, der im galanten Gewerbe reich geworden war, eine kleine europäische Insel solchen Unglücklichen vorzubehalten, die weise und tugendhaft bleiben wollten. Er kaufte einen völlig von Mimosen und Kamelien bedeckten Hügel, der Ascona überragt, übrigens für ein Butterbrot, taufte ihn ›Monte Verità‹ und stellte ihn allen zur Verfügung, die von einem neuen Paradies träumten. Jeder durfte eine kleine Holzhütte beziehen. Sie züchteten im Schatten der Pinien Tomaten und Mais, und im Herbst sammelten sie Eßkastanien in den umliegenden Wäldern oder kochten Feigen ein. Abends trafen sie sich, um dem Läuten zu lauschen, das aus allen um den Hügel verstreut liegenden Dörfern die Stimme Gottes emportrug, und sie hatten hier einen viel überzeugenderen Klang, als wenn sie aus dem Mund eines Predigers kam. Nun ja, der Krieg hat das Ganze vernichtet, heute ist alles vorbei. Das glückliche Dorf ist von einem europäischen Wundbrand befallen…«

»Die Eurokokke!« rief Odemar aus.

»Das Ende kannst du dir vorstellen. Jetzt ist der Monte Verità ein prächtiger Palast, und der Boden der Brüder in Arbeit und Liebe kostet tausend Franken pro Quadratmeter. Oh, hätte ich Ascona in den guten Zeiten gekannt!«

Wanders Pergamentgesicht erfüllte Odemar mit großem Mitleid, wie es von Furchen durchzogen, mit grauen Flecken bedeckt war, sie schienen von allen Unwettern zu zeugen, die je auf ihn niedergegangen waren. Vor ihm saß ein mit echtem Glauben Beseelter. Auch konnte Odemar nicht vergessen, daß er diesem durchgeistigten Mann seine Rettung aus dem überflüssigen und leeren Studentenleben verdankte. Nachdem er lange Zeit in sich gekehrt gesessen hatte, umarmte er Wander und sagte:

»Mein Freund, wir dürfen nie verzweifeln. Es gibt so viele Hügel auf Erden, und es gibt ebenso viele Unglückliche. Deinen Ruf in der Not werde ich nicht vergessen. Wer weiß, vielleicht hält Isola Lucerta einen Hügel bereit, auf dem man Tomaten und Mais züchten kann! Ich werde dich vielleicht eines Tages rufen.«

»Laden Sie mich auch ein?« fragte schüchtern Ypsilon.

»Erlauben Sie mir, daß ich mich schon jetzt revanchiere. Leider ist nicht die richtige Jahreszeit für eine Tomatensuppe, aber würden Sie mit einer kleinen expressionistischen Mahlzeit vorlieb nehmen?«

Er lief zu einem Schränkchen, das auch aus einem Shell-Ölkanister bestand, es war längs aufgestellt, so daß der Deckel als Schranktür diente. Ypsilon nahm ein paar Teller heraus, die er mit biblischen Szenen bemalt hatte: Abraham opfert Isaak, David vor Saul, eine Kreuzigung und andere Darstellungen. Dann trug er längliche Käseröllchen auf, die man Leichenfinger nennt, sie verdienen wahrhaftig diesen Namen, denn sie haben eine gelbliche Farbe und schmecken scharf; Mortadella, zweifellos der ersten Silbe dieser Wurst zu Ehren und kleine Kreuze als Gebäck. Alle drei sprachen dem makabren Picknick bei dreißig Grad Kälte (das Thermometer war gefallen) reichlich zu.

Es war schon sehr spät, als Odemar feststellte, daß er gerade noch Zeit hatte, zum Bahnhof Zoo zu eilen und in den Zug nach Paris zu springen.
Wander und Ypsilon begleiteten ihn bis zum Schalter, Bahnsteigkarten wären zu teuer für sie gewesen.
Im Schlafwagen fand Odemar Irmelinde schon im Nymphenkostüm vor.

Odemar und Irmelinde lagen flach wie in einem Mahagonisarg; in rosa Pyjamas gewickelt und in milchiges Licht gebadet, durchquerten sie Deutschland, ein Land der Nacht und des Todes, das am Grund der Zeiten und des Elends begraben schien.
Sie hatten das Gefühl, als Schmuggler zu reisen.
Am Morgen hielt der Zug in Köln so nahe am Dom, daß man hätte glauben können, er sei gleichsam durch einen gotischen Tunnel hierher gekommen, und in weißen Hemden riefen Chorknaben im Ton des Hochamts belegte Brötchen, Schokolade und das echte Kölnisch Wasser Farina 4711 aus.
Wenige Stunden später sahen die beiden Reisenden in Belgien hübsche, feurige, funkelnagelneue Polizisten, die wie aus dem Spielzeugschächtelchen poliert waren, und sie stellten fest, daß es in Europa noch kleine Könige gab.
Kaum hatten sie jedoch die französische Grenze überschritten, legte Irmelinde ihren falschen Fuchs ab und stöhnte:
»Wie heiß es in Frankreich ist! Man merkt schon die Nähe des Südens!«
Dabei war ganz einfach das Herz der jungen Frau im Süden. Odemar war entzückt über die angenehme Lässigkeit der mediterranen Völker, denn die französischen Zöllner trugen ihre Mützen keck über einem Ohr. Auf dem Gare de l'Est frohlockte Irmelinde angesichts ihres Gepäckträgers, eines kleinen Schwarzhaarigen aus Batignolles, er trug eine Rose im Mund und hatte Augen wie aus Kohlen, die zu glänzen begannen, als sie ihn ansprach.
»In dieser Atmosphäre gedeiht die Liebe!« rief sie aus.
Paris! Sie eroberten Paris!
Odemar nahm das schönste Zimmer im Grand Hotel,

nur um seiner Königin den Place de l'Opera in seinem bengalischen Glanz wie einen in Millionen elektrischer Diamanten gefaßten Amethyst zu Füßen zu legen. Eine halbe Stunde, nachdem sie sich eingerichtet hatten, speisten sie im *Tour d'Argent*, das im verrottetsten Viertel der Innenstadt gelegen war; sie aßen die einhundertvierundzwanzigtausendsiebenhundertfünfzehnte Ente, zubereitet von dem berühmten Küchenchef des Hauses: Ein Zettel mit ihrer Nummer war der Rechnung beigelegt und bereitete ihnen eine Freude, als läge da eine Bescheinigung, die sie zu Bürgern der Stadt Paris erklärt. So stärkte das Blut dieser gallischen Ente die beiden Vertreter der ehemaligen Feindesrasse, die jetzt aber nur zu bereit zur Verbrüderung waren.

Von diesem Augenblick an fühlte Odemar, daß er das Format hatte, hier eine historische Rolle zu spielen. Gleich morgen würde er den großen Männern Frankreichs seine Empfehlungsschreiben präsentieren.

Doch durfte dieser Abend nicht verstreichen, ohne daß sie die tiefsten Geheimnisse dieses schillernden Ninive kennengelernt hatten. Odemar studierte die verschiedenen Adressen, die ihm die Berliner Spezialisten für Pariser Vergnügungen aufgeschrieben hatten. Und noch vor den *Folies-Bergères*, noch vor dem *Rat Mort*, die bei allen Vertretern der Geschäftswelt aus dem Reich bekannt waren, traf er seine Wahl für *Le Chabanais*.

Odemar rief eine Droschke und herrschte den Fahrer mit künstlich sicherer Stimme an: »Chabanais!« Zufällig war der Fahrer weder ein russischer Erzherzog noch ein italienischer Deserteur, sondern ein braver Familienvater aus Grenelle. So fragte er ruhig:

»Ist das in Passy? Das ist für mich zu weit.«

»Chabanais!« brüllte Odemar, er verstand die Sorgen des Fahrers nicht.

»Ach, ist das vielleicht ein neues Hotel? Welche Straße bitte?«

Odemar war wütend und schämte sich gleichzeitig, denn er befand sich vor seiner Dame in einer schwierigen Lage. Was für ein bedauerlicher Zwischenfall!

In diesem Augenblick trat ein Mann aus dem Dunkel, wie ein Deus ex machina, entstiegen der keusch an ihren friedlichen Ufern dahinfließenden Seine, er war tadellos und im besten Stil gekleidet, mit perlgrauen Handschuhen und dazupassenden Gamaschen. Er verbeugte sich tief vor dem Paar und stellte sich vor: »Baron Löwenzahn!«

»Erlauben Sie mir, mein Herr, Ihnen bei diesem schwierigen Schritt behilflich zu sein«, sagte er in lupenreinem Deutsch.

»Ich habe Ihren Ruf gehört, als ich das Restaurant verließ, wenn Sie es wünschen, kann ich Sie führen. Sie möchten Paris kennenlernen, und zu Ihrem Pech sind Sie auf einen einheimischen Fahrer gestoßen. Denn es kennen nur die Ausländer diese hermetische Stadt. Wenn Sie hundert Personen auf den Boulevards anhalten, treffen Sie auf siebenundneunzig Ausländer. Und von den drei Franzosen kommen zwei aus Mühlhausen. Der letzte, allerdings, wird noch nie etwas von der Existenz einer Rue Chabanais in seiner Hauptstadt gehört haben, oder ganz einfach von einem *Chabanais*. Denn hier haben wir es mit dem Niemandsland zu tun, es liegt in einem Viertel, das erst bei Nacht erwacht, und alle Franzosen gehen spätestens um halb zehn ins Bett, denn entgegen der Legende sind sie ernsthaft arbeitende Leute.«

Der Baron Löwenzahn wandte sich um und stieß einen rauhen Schrei in die Nacht hinaus, worauf eine purpur-

ne, innen mit altgoldfarbener Seide bezogene Limousine erschien und am Bürgersteig hielt.
Selbstverständlich waren Odemar und Irmelinde diesem Gentleman gegenüber peinlich berührt. Sie trugen einfache Reisekleidung, und das aus gutem Grund, denn sie waren ja nur auf der Durchreise, um ihren Besitz im adriatischen Meer auszusuchen. Odemar hatte überdies nur einen englischen Sportanzug mitgenommen, außerdem eine kurze Hose, ein grünes Hemd, Schuhe mit Gummisohlen und einen Filzhut, der natürlich ein echter Borsalino sein mußte. In Berlin hatte er Aufsehen erregt. Irmelinde hatte es piekfein gefunden, auch einen Herrenhut aufzusetzen, den sie aber auf ihre Art eingebeult hatte, und trug unter ihrem braun-gelb gewirkten Kostüm eine waschbare weiße Bluse. Den Stehkragen hielt eine schmale, schwarze Krawatte zusammen, die sich ihr Vater immer an Kaisers Geburtstag umband.
Aber der Baron Löwenzahn war Deutscher: er stellte nichts Ungewöhnliches fest, und die Geste, mit der er die beiden Ausländer in seiner Limousine Platz zu nehmen einlud, schien mehr als respektvoll. Jetzt empfand Odemar allerdings, er müßte sich den Anstandsregeln der Vorfahren entsprechend verhalten. Er nahm Habachtstellung an, knallte die Fersen zusammen und stellte sich vor:
»Prinz von Lucerta!«
Das war ihm im letzten Moment eingefallen. Noch nicht einmal ein Pseudonym und wie klangvoll! Der arme Baron war überwältigt. Nachher mußte Odemar deshalb auch zehn Goldfranken mehr bezahlen.
Die Limousine setzte sich in Bewegung.
»Ich bringe Sie also ins *Chabanais*«, sagte der Baron. »Offenbar sind Sie nach Paris gekommen, um Franzö-

sinnen zu sehen, um ihre geschmeidige Schlankheit, ihre feinen Fesseln und ihre spritzige Konversation zu bewundern. Wie ich Ihnen schon erklärte, findet man auf der Welt nur noch wenige Exemplare dieser Gattung. Die Pariser ziehen sich wie Pensionäre aus der Geschichte zurück. Zu Ihrem Glück sind Sie auf mich gestoßen, ich habe nämlich überall Zutritt, wo noch die letzten Französinnen zu sehen sind! Dort, wo ich Sie hinführe, werden Sie die zarte Blüte der westlichen Zivilisation sehen, sie ist dabei zu verwelken und hat dadurch sozusagen an Charme gewonnen. Sehen Sie, jetzt sind wir schon da! Die Dame des Hauses ist eine meiner besten Freundinnen. Ich werde Sie vorstellen.«

Baron Löwenzahn sprang aus dem Wagen, bot Irmelinde seinen Arm und geleitete dann seine Schützlinge in den Empfangsraum des kleinen, auf seine Art reizenden Hotels. Eine nicht mehr ganz junge, in Schwarz gekleidete Dame kam ihnen mit aristokratischer Haltung entgegen und empfing mit großer Feierlichkeit den Prinzen und die Prinzessin von Lucerta, so hatte der Baron sie vorgestellt. Als dann ein Negerboy ihnen die Mäntel abgenommen hatte, zog Löwenzahn Odemar in eine Ecke und sagte:

»Das macht fünfhundert Francs, Hoheit.«

Solche Aufmerksamkeit schmeichelte Odemar sehr, und so blieb ihm nichts anderes übrig, als sich zu fügen. Dann machte der Baron sich aus dem Staub.

Sie wurden in einen kristallglitzernden Saal geführt, der mit Originalmöbeln aus dem achtzehnten Jahrhundert eingerichtet war – sie hatten übrigens der Comtesse de Ségur gehört, wie Madame de la Batelière, die Gastgeberin, den entzückten Besuchern zu verstehen gab – und sie waren sofort von wirklich außergewöhnlich jungen Frauen umgeben. Eine trug ein Zobelcape und nichts darunter, sie stellte sich als die freiheitshungrige Gattin eines Untersuchungsrichters in Orléans vor, die keuschere zweite trug Ballgarderobe und war die Tochter eines Generals, der zahlreiche Siege errungen hatte. Als wohlanständige Gattinnen hatte man sie eingesperrt, jetzt waren sie auf der Suche nach dem großen Leben. Die erste vergaffte sich sofort in Irmelinde, verzückte sich über die Frische ihrer Haut, das Gold ihrer Locken und versicherte, daß man in der ganze Ile de France keine verführerischere Diana finden konnte. Irmelinde war im siebten Himmel, so herzlich wurde sie, die Deutsche, in Paris empfangen! Aber wirklich, was für ein bezauberndes Volk!

Das Generalstöchterchen hingegen setzte sich auf Odemars Schoß und dozierte ein wenig über Marcel Proust, den sie gerade las, und da Odemar diesen Schriftsteller noch nicht kannte, gab sie ihm eine ganz gute Definition, sie nannte ihn »den letzten Historiker der französischen Bourgeoisie«. Sie fügte hinzu: »Nach ihm wird man gänzlich von vorn beginnen müssen«, und steckte das Brüstchen zurück, das aus dem Tüll gesprungen war, »denn er hat die Psychologie auf ihren Höhepunkt getrieben. Seine Nachfolger werden entweder einen neuen Realismus schaffen müssen, oder, und das erscheint mir einfacher, sie werden die alte kapitalistische Herrschaft umstoßen und eine neue Gesellschaft errichten, die neue Romanthemen in sich birgt.«

Überflüssig zu sagen, daß Denise de M... mit solchem literarischen Urteilsvermögen Odemar wahnsinnig vor Liebe machte. Dann gingen alle vier nach oben. Sie verbrachten eine Nacht, angefüllt mit Ausschweifungen, Anmut und Geist, die Pariser Nacht schlechthin, und man feierte, um nichts zu verschweigen, eine Orgie mit allem Drum und Dran, so wie sie sich jeder Deutsche, der sich dem »Pariser Leben« verschrieben hat, vorstellt.

Am nächsten Morgen war Odemar entschlossen, beide Völker in ewiger Freundschaft zu verbinden, eine unendliche Zuneigung für das französische Volk, das mit solcher Anmut zwei Erbfeinde empfing, hatte ihn gänzlich ergriffen. Weil der offizielle Repräsentant Deutschlands sich lichtscheu zurückgezogen hatte, nahm Odemar die Pose eines moralischen und intellektuellen Botschafters ein, entdeckte in seinem Herzen einen ganzheitlichen Pazifismus und wollte zu dessen Verwirklichung keine Minute verlieren. Er hatte die verschiedenen Empfehlungsschreiben an Painlevé, Professor Langevin, General Percin und zahlreiche Literaten vor sich ausgebreitet. Einige Briefe hatte er von Zeitungsredakteuren erhalten, die mit besagten Herren in Verbindung standen, weil sie ihnen sie betreffende Zeitungsausschnitte zugeschickt hatten, andere von ihren ehemaligen Schülern an der Sorbonne, und sogar der Brief eines Meisterbarbiers war darunter, der dem Staatssekretär eines amtierenden Ministers das Haar geschnitten hatte. Odemar beschloß, zuerst Anatole France aufzusuchen, denn er war der Älteste und verdiente seiner Berühmtheit wegen, vor allen anderen besucht zu werden.

Um elf Uhr erreichten Odemar und Irmelinde, die auch den großen Schriftsteller kennenlernen wollte, die Villa Said. Der anarchistische Patriarch hatte schon einige Besucher in der Bibliothek und empfing die beiden Neuankömmlinge mit vollendeter Höflichkeit, gab jedoch dem Doktor Odemar nirgendwo die Gelegenheit, auch nur ein Wort anzubringen. Er fuhr im Erzählen einer Anekdote über die Académie Française fort, wobei er sich aufsässiger Worte bediente, und schilderte das Schwert, das er, der Etikette zur Folge, zum grünen Ornat zu tragen hatte. Sofort wollte er es seinen Besuchern zeigen und fragte: »Aber wo steckt denn das Schwert?« Er ließ seinen Sekretär und das Hausmädchen kommen. Alle Ecken und Winkel der Wohnung wurden abgesucht, bis man schließlich die wertvolle Waffe auf dem Speicher fand, wo der Meister sie seit Jahren hatte dahinrosten lassen. Dieser Szene beinahe historischer Bedeutung durfte Odemar beiwohnen. Er wußte sehr gut, daß France es vortrefflich verstand, die eigene Legende zu gestalten. Als der Meister sich dann erhob, um seine Ruhmespilger zu entlassen, stotterte Odemar einige Phrasen über Internationalismus, sie fielen in das Kardinalskäppchen, das der verehrte Meister der Freiheit galant in der Hand hielt, um der schönen Irmelinde Lebwohl zu sagen.

Dann gab er Odemar folgenden lapidaren Spruch zur Antwort: »Frankreich und Deutschland würden vielleicht heiraten, wenn sie einander kennenlernten, doch können sie sich nur lieben, wenn sie sich nie kennen.«

Auf dem Weg in die Stadt schickte Odemar als erstes ein Telegramm an eine Berliner Nachrichtenagentur mit dem Interview, das der berühmte Schriftsteller einem deutschen Pazifisten gewährt hatte, was bewies, daß die beiden Völker auf dem besten Wege zu ihrer Verbrüderung waren.

Am Nachmittag war Odemar weiter in seiner ›Mission‹ unterwegs. Einige andere Persönlichkeiten von Format wollten ihm gerne ihre (ganz private) Meinung zu dieser brennenden Frage mitteilen. Odemar war sich nicht im klaren darüber, daß der »Pazifismus« niemals zu etwas verpflichtet und gleichzeitig die größten Illusionen nährt. Zu seiner großen Freude wurde er auch von dem Direktor einer kleinen Zeitschrift empfangen und von

ihm »zu einem Happen« in ein kleines Restaurant eingeladen, wo er *Bœuf Bourguignon* und *Petit Suisse* kennenlernte, zwei Vorstadtspezialitäten.
Für den Abend hatte er Irmelinde eine abenteuerliche Entdeckungsreise in die Niederungen von Paris versprochen. Um mit Sicherheit ein paar echte »Apachen« zu treffen, ohne sich in allzugroße Gefahr zu begeben, telefonierte er mit Francis Carco, wobei er vorgab, er wollte seine Werke ins Deutsche übersetzen, ihn dann aber bat, mit ihnen in die malerischen Viertel zu gehen, wo er sich doch so gut auskannte. Der Romancier, der ein netter Junge war, ließ sich überreden und führte seine Bewunderer in die Rue de Lappe. Dort gab es jede Menge Cafés und Bars, eine neben der anderen, und alle nannten sich »Bal«. Elektrische Klaviere hämmerten in wilderem Rhythmus als Negertrommeln brutale Javas. Sie betraten die am grellsten flimmernde Bar und schauten den Paaren zu, die hier – im übrigen – wesentlich keuscher tanzten, als es in den Tanzdielen der Innenstadt üblich war. Carco winkte zwei junge Kerle an den Tisch, ihre von langen schwarzen Wimpern gerahmten Augen glänzten eigenartig in den blassen, übermäßig geschminkten Gesichtern. Sofort begann der Jüngere der beiden mit schüchterner Mädchenstimme zu klagen, wie oft ihn sein Freund Jeannot mit dem Inhaber des Lokals betrog, und er würde ihn töten, wenn er heute nacht nicht mit ihm nach Hause ging. Jeannot selbst lächelte und spielte mit Odemars Hand, die er zwischen die seinigen genommen hatte, als ob nichts dabei wäre. Irmelinde bestaunte die rosa Krawatte und zu roten Lippen der beiden. Derweil amüsierte sich Francis Carco königlich über die kleine Szene, die die beiden Komödianten mit viel Talent aus dem Stegreif gespielt hatten.

Als Odemar und Irmelinde fanden, sie hätten Paris jetzt erobert, angefangen bei den großen Dichtern bis zu den Apachen, von der Sainte-Chapelle bis zum *Lapin Agile*, und gleichzeitig der europäischen Zivilisation einen großen Dienst erwiesen, nahmen sie den Orient-Expreß zu ihrer Zauberinsel, jetzt endgültig unter dem neuen Titel Prinz und Prinzessin von Lucerta.
Sie hatten die großen, ach so vergänglichen Ereignisse ihrer Zeit durchlebt, nun endlich kehrten sie zur reinen, ewigen Natur, zum wahren Ich zurück. Wie der Weise unter Ölbäumen ruhen. Nackt wie das erste Geschöpf in der Sonne leben. Das deutsche Gemüt fühlt sich nur in den Superlativen wohl. Als Adler erhebt es sich in metaphysisches Gewölk, als Regenwurm ist es, ohne aufzubegehren, an die Wirklichkeit gekettet, und so findet sich das deutsche Gemüt mit seinem zwiefachen Schicksal ab, wie es sich übrigens auch überall in der deutschen Kunst und Philosophie widerspiegelt.
Odemar hatte alle Phasen eines vorübergehenden, aber tiefgreifenden Niedergangs durchlaufen und dabei mehrere Verwandlungen durchgemacht: naiver Student, mittelalterlicher Mystiker, überzeugter Krieger, wütender Revolutionär, Inflationsspekulant, Romantiker auf der Suche nach der Blauen Blume, Gauner, der in Spielhöllen ein und ausging, leidenschaftlicher Liebhaber. Er vereinte in sich Engel wie Dämon, Zeitliches wie Geistiges, so daß jene, die ihn kannten, ihn Casavonarola getauft hatten; das heißt, daß er gleichzeitig Casanova, den Herzensabenteurer, und Savonarola, den idealistischen und mystischen Revolutionär, verkörperte. Nun zog ihn eine neue Phase an, die der Entsagung, der Demut, der Kontemplation, des Ruhens im Schoße der Großen Einheit. Er würde eine wilde Insel bewohnen, Bäume, Blumen, Tiere und Wolken sein

Eigen nennen. Ein griechisches oder orientalisches Ideal trieb ihn. Und in diesem Paradies seiner Träume würde er ein Faun sein, angebetet von seiner Nymphe, einer vollendeten Frau.

Nach sechsunddreißigstündiger Eisenbahnfahrt landeten Odemar und Irmelinde in einem kleinen Hafen an der dalmatinischen Küste. Ein armseliges, schmutziges, an einen felsigen Berg gelehntes Dorf empfing sie ohne große Begeisterung. Die Einwohner standen in kleinen Gruppen zusammen in den Eingängen der Häuser, mißtrauische Gesichter, stechende, undurchdringliche Blicke, und besprachen die unerwartete Ankunft der beiden Fremden.

Als jedoch das fürstliche Paar die Mole erreichte, wo drei Fischerboote und ein kleines Dampfboot, die Flotte dieses Mittelmeerhafens, schaukelten, bot sich ihren Blicken ein blendender Horizont. Wie eine Orange hing die Sonne unter einer Wolke und übergoß mit rosa Licht das Meer, das sich zwischen den Hafenmauern, die in spitzem Winkel zueinander lagen, wie ein Fächer aus duftiger Seide öffnete. Und ganz hinten im Norden konnte man, so groß wie eine Boje, eine kleine, dunkle Insel erkennen. Odemar stieß einen Schrei aus: »Schau dort! Da hinten! Das ist sie! Das ist sie!«

Er winkte einem Alten, der sich die Zeit vertrieb, indem er ins Wasser spuckte, und dem seligen König Nicolo erstaunlich ähnlich sah. Der Eingeborene kam herbei, die Augen zusammengekniffen, als würde ihn allzu großer Glanz blenden – Irmelindes Haar verbreitete diesen Glanz –, und lächelte in sich hinein. Odemar deutete auf die Insel und fragte: »Isola Lucerta?«

Der Mann aus Dalmatien nickte.

»Io sono il principe!« sagte Odemar darauf mit Tenorstimme. Der Alte lächelte weiter in sich hinein, anstatt

sich vor einem so edlen Herren auf die Erde zu werfen, wie es sich Odemar auf der Reise vorgestellt hatte.
»Io!« sagte der neue Besitzer noch einmal laut. Aber das machte keinen Eindruck auf den Eingeborenen, obwohl er schon verstanden hatte. Darüber hinaus verstanden die beiden Männer allerdings nichts voneinander, sie redeten in verschiedenen Sprachen, obwohl sich jeder so einfach wie möglich ausdrückte. Odemar mußte auf ausdrucksvolle Gesten zurückgreifen, um seinem Gegenüber klarzumachen, daß er mit einem Boot zu seinem Besitz gebracht werden wollte. Der Alte begriff erst, als Odemar ein Bündel Geldscheine vor seinen Augen schwenkte. Sogleich verschwand er, zweifellos um das Boot flottzumachen, was gewisse Schwierigkeiten mit sich zu bringen schien. Inzwischen hatte sich beinahe die ganze Einwohnerschaft des Ortes in der Hafeneinfahrt versammelt und betrachtete das Paar mit Gesichtern, die Odemar für unterwürfig halten wollte. Er baute sich unter seinem Umhang wie ein Conquistador auf. Ungeduldig und müde stampfte Irmelinde mit den Füßen.
»Wirklich nicht besonders angenehm, in diesem Land Prinzessin zu sein«, sagte sie.
Endlich erschien der Alte in einem Boot wieder, dessen primitive Form die zweifellos nie übertroffene Standardausgabe der phönizischen Schiffe war. Seine Art zu rudern hatte sich in den letzten fünftausend Jahren sicher auch nicht weiterentwickelt.
Nach ein paar kräftigen Ruderschlägen schaukelten sie bald auf offener See. Anfangs sah die Insel wie eine dikke portugiesische Auster aus. Sie wuchs und wuchs, doch blieb sie grau und felsig, und die grünen Schatten, die Odemar immer häufiger auszumachen sich anstrengte, waren nur Täuschungen wie die Fata-Morga-

nen in der Wüste. Je näher sie kamen, desto feindseliger und schroffer wurden die Felsen. Kein Baum, kein sanfter Hang. Dumpfe Verzweiflung bemächtigte sich des neuen Besitzers, und als sie bis auf fünfhundert Meter herangekommen waren, schloß er die Augen und wollte nichts mehr sehen.

Der Ruderer lächelte in sich hinein.

Schließlich legten sie bei einem schmalen, steinigen Strand an, er war naß und zerklüftet. Der Alte sprang an Land und machte das Boot fest. Dann führte er das Paar über einen in den Fels geschnittenen Pfad, durch von zuckenden Felsen überragte Schluchten zum Kern der Insel.

Der langsam ansteigende Pfad übersprang Abgründe und wurde immer gefährlicher. Seit sie gelandet waren, hatte keiner der drei ein Wort gesagt. Doch plötzlich stieß Irmelinde, die als erste eine Felsplattform erreicht hatte, einen Schrei aus:

Da breitete sich im Sonnenschein ein grünes Tal aus, mit gelben und weißen Blumen überstreut, mit Zypressen bepunktet; ungefähr achtzehnhundert Meter tief, öffnete es sich dem Meer am anderen Ende der Insel. Der Blick in ein Paradies. Große Schmetterlinge woben mit Lackflügeln Girlanden in die Luft. Langsam und majestätisch schraubte ein Raubvogel seine eiserne Spirale der Sonne entgegen. Unten schlängelte sich ein Bach wie eine große Natter aus Gold.

Odemar ergriff Irmelindes weiße Hand und führte sie an seine Lippen, als wäre das alles ihr Geschenk.

Aber es fehlte ihnen die Geduld, die wunderbare Landschaft lange zu betrachten. Sie wollten sie so schnell wie möglich besitzen, sie unter ihren Füßen haben und mit den Händen begreifen, erst dann würden sie glauben, daß sie auch wirklich da war. Sie rannten über einen

Teppich violetter Erikasträucher zu Tal. Sofort verhakten sich die dornigen Fangarme der Brombeeren im Rock der jungen Frau. Als sie die Blüten hoch in den schimmernden Kronen pflücken wollte, spuckten diese gelblichen Eiter aus. Eine aufgescheuchte Viper, die wie eine Arabeske einen Fels geziert hatte, zischte wütend. Am Talgrund endlich angekommen, versanken die Reisenden im Schlamm. All diese Schönheit mit ihrer so grünen, so funkelnden Oberfläche war ungesund und giftig. Als sie sich setzten, stieg eine Wolke Stechmücken auf und legte einen summenden Turban um jeden Kopf.

»Wo soll man hier rasten?« fragte Irmelinde, sie war ängstlich und sehr müde.

»So ist jedes Paradies!« war Odemars einzige Antwort.

»Ich habe Hunger!« klagte die junge Frau.

Der Prinz dieser Insel konnte seiner Schönen noch nicht einmal ein belegtes Brötchen anbieten.

»Vierzig Dollar!« dachte er bitter. »War das nun teuer, oder nicht? Ein russischer Panzerkreuzer hätte mir mehr eingebracht. Wäre ich jetzt in Berlin, ich würde die Villa des Kronprinzen kaufen, die man mir angeboten hat, dort würde man zumindest Kohlrüben im Garten finden!«

Jedoch gestand er sich nicht ein, daß er Heimweh nach Deutschland hatte.

Der Fischer entriß ihn mit einem Schlag auf die Schulter seinen Meditationen und gab ihm zu verstehen, daß er zurückkehren müsse, es war schon spät. Odemar war dem Alten beinahe dankbar, daß er ihn zwang, das höllische Paradies zu verlassen. Besser, man riß sich schnell los. Er hatte also sozusagen einen realen Traum gekauft, eine Illusion, die man anfassen und abschreiten konnte, mit echten Felsen und reichem Pflanzen-

wuchs – und doch war sie für ihn wertloser als seine nächtlichen Träume und die Illusionen des Geistes!
Über einen anderen schmalen Pfad, der die Küste entlang die Felsen seitlich umging, führte der Alte seine Fahrgäste zum Boot.
Als sie den Hafen wieder erreicht hatten, sahen sich Irmelinde und Odemar gezwungen, in der einzigen Herberge des Ortes abzusteigen. Diese war ein kleines Fischerhaus, außen rundherum rosa angestrichen, doch hatten die beiden Zimmer, die man an Reisende vermietete und die das ganze obere Stockwerk ausmachten, an den kalkgetünchten Wänden keine andere Verzierung als die Überreste erschlagener Mücken und zerquetschter Wanzen. Eines der beiden Zimmer belegte der Kommandant des kleinen Hafens, ein alter Offizier, der sich Admiral nennen ließ und hier seine Laufbahn in Miniaturformat fortführte.
Das Prinzenpaar richtete sich so gut es ging im anderen Zimmer ein, eine Eisenpritsche stand darin, und an der Wand hing ein Kalenderfarbdruck, der die Eroberung von Tarnopol wiedergab. Anstatt zu schlafen, dachten sie sich nachts lange aus, wie sie nach Berlin zurückkehren konnten, ohne sich völlig der Lächerlichkeit preiszugeben. Doch als Odemar am nächsten Morgen die Laden öffnete und seine Insel in der Schmuckschatulle der Morgenröte wie rosa Perlmutt schimmern sah, beschloß er, hierzubleiben und seinen Traum auszubeuten. Vielleicht war dort eine kostbare Quelle oder eine Goldmine? Vielleicht konnte man das köstliche »Tal« auch roden und bebauen?
Oder könnte er vielleicht seine Insel für Dreharbeiten an eine Filmgesellschaft vermieten? Selbstverständlich unter der Bedingung, daß Irmelinde die Hauptrolle spielte!

Er war versucht, Irmelinde zu wecken und ihr seine schönen Pläne darzulegen, aber sie lag in reinem Schlaf, daß er auf Zehenspitzen das Zimmer verließ, um sie nicht zu wecken. Er holte den Alten und bat, ihn noch einmal zu seiner Insel zu fahren. Die Überfahrt dauerte vierzig Minuten. Allein drang er hastig zum Kern seines Besitzes vor, vermaß ihn in allen Richtungen, machte eine Skizze und nahm eine Handvoll Erde in einem Stück Papier mit.
Berauscht von der Sonne und neuen Plänen, die er aufs phantastischste miteinander verband, ruhte er dann im Schatten eines Ölbaums. Beim Dösen fiel ihm eine Strophe ein, eine männliche, kriegerische Strophe aus purem Gold. Wer hatte ihm diese Verse zitiert? Wander, Wilhelm Wander war es gewesen, als er ihn in Stefan Georges Dichtung eingeweiht hatte. Doch in der Tat: Diese Insel lag vor einem Fischerdorf, ihre göttliche Ruhe, ihre elegische Einsamkeit, paßte das nicht alles aufs beste zusammen, um müder, verkümmerter, überzivilisierter Menschenart neue Kraft zu verleihen? Konnte man in dieser großartigen Natur nicht das Ideal einer neuen Gemeinschaft jener Menschen verwirklichen, die, vom gealterten Europa angewidert, in einem völlig neuen Anfang, in der Rückkehr zu primitiver Arglosigkeit ihr Heil suchten?
Odemar erhob sich plötzlich und wollte sofort zum Hafen zurückkehren, um Wander, Ypsilon und ihren Gefährten zu telegraphieren, sie sollten hier ihren neuen Staat der Liebe und Arbeit gründen. Er hatte sich über all diese Propheten lustig gemacht, jetzt plötzlich packte auch ihn das heilige Feuer. Er war und blieb ein Deutscher!
Der Mittag war schon verstrichen, als Odemar, ganz entflammt für seine neue »Idee«, zurückkam. Das Hotel

war von einer Dunstwolke umgeben, die nach in Öl gebratenem Hammel roch, und erstaunt stellte er fest, daß Irmelinde nicht auf dem Zimmer war. Unten in der Schänke zuckte der Inhaber zuerst mit den Schultern und antwortete ihm dann mit kleinen, verschlagenen Augen. Ein paar Fischer kauerten über den Tischen und husteten. Endlich änderte sich der Gesichtsausdruck des Inhabers, er deutete auf den Hafen und sagte mit veränderter Stimme: »Il amirale!«
Man überließ es Odemar, sich die Bedeutung dieser Aussage und des Verschwindens seiner Prinzessin zurechtzulegen. Irmelinde, die schicksalhafte Blonde, die Möchtegern-Walküre, die Tochter eines Wilmersdorfer Briefträgers hatte das Vertrauen in ihren Prinzen, in die Zahl Zwei und in die reine Natur verloren.
Ohne Yacht bedeutete für sie diese Insel überhaupt nichts. Überdies wußte sie, daß Odemars Vermögen während ihrer stürmischen Reise quer durch Europa schrecklich geschmolzen war. Vor allem aber erfüllte sie die Vorstellung, nach Berlin zurückzukehren, wieder schwedischen Punsch zubereiten und sich auf Großmutters Sofa legen zu müssen, mit Furcht und Schrecken.
So ging sie nach Odemars Abfahrt traurig in die Schenke hinunter, um einen viel zu bitteren Kaffee zu trinken, und als der Admiral, in weißer Hose, blauer, goldgeknöpfter Jacke und mit dicken Borten an seiner Mütze, sie einlud, mit ihm einen Ausflug zum nächstgrößeren Hafen in seinem Dampfboot zu unternehmen, das seine ganze Flotte darstellte, willigte sie ein. Ihrem treuen Angedenken und Odemars aufrichtigem Schmerz zuliebe, müssen wir zugeben: Als sie das Boot betrat, wußte sie noch nicht, daß der fragliche Hafen zehn Tagesreisen entfernt war und sie niemals wiederkommen würde...

Als Odemar Müller nach Berlin zurückkehrte, hatte sich das Angesicht der Welt verändert.
Der Papierschnee war geschmolzen. Herkömmliche Kalender hatten ihn nicht angekündigt, und doch hatte er Deutschland für eine Zeit des Elends zugedeckt. Der Himmel war nicht mehr aus Blei, sondern aus leichter Seide.
Die Häuser neigten sich nicht mehr wie in Albträumen über die Straßen, die Brücken gingen nicht mehr entzwei, als wären sie aus nasser Pappe, und auf der Straße sahen die Menschen nicht mehr wie Mörder oder Propheten aus. Attilamasken und Christusbärte waren gefallen, als hätte man den Karneval ausgetrieben. Wenn Odemar während seines Aufenthaltes in der Fremde an Deutschland dachte – was selten genug war! –, sah er ein Land vor sich, das weit wie seine Kindheit entfernt war, ein Spielzeugland, wo Autobusse, Kirchen, Reiter, selbst die Wolken aus Papier waren, die Sonne auch und sogar der Regen!
Deshalb rieb er sich die Augen, als er aus dem Bahnhof trat. Der Platz war blitzsauber, und um ihn standen die Hotels felsenfest. Die Leute, das waren hundert ausgeruhte, vertrauenerweckende Gesichter, die brav auf der rechten Seite gingen, wie es eine Polizeiverordnung forderte, die an verkehrsreichen Stellen angeschlagen war.
In der Mitte des Platzes ragte ein neuer Gott empor, er saß behelmt, gepanzert und riesig auf seinem plumpen, altväterlichen Roß. Ein Polizist, der seine beiden, in makellos weißen Handschuhen steckenden Hände bewegte, als hielten seine Zeichen eine geheime Verbindung mit den Marsbewohnern aufrecht und gälten nicht den Einwohnern Berlins. Es war der Gott der Benzinkutschen. Eine Bewegung mit der Hand, und vor ihm

hielten fromm tausend Fußgänger, tausend Wagen, die eben noch gerannt waren oder getuckert hatten, und verharrten, als hielten sie innere Einkehr, um zu beten. Dann ein Pfiff, ähnlich dem Glöckchen nach der Auferstehung, und der Tumult begann von neuem.

Verwirrt sah Odemar, als er den Kopf wieder zu heben wagte, daß der Polizist ihn Richtung Friedrichstraße wies, und folgsam ging er dorthin, sicher war dies der Weg, den ihm sein neues Schicksal zeigte.

O Freude, o Blick ins Schlaraffenland! Vor ihm ragte *Aschinger* empor mit seinen Kapellen aus Würsten, den Bergen vergoldeter Heringe, den Mayonnaiseseen, den prallen Schlagsahnewolken. Auch das hier war eine Landschaft Deutschlands. Er hatte sein Vaterland wiedergefunden.

In den verrauchten Brauhäusern floß in großen Strömen das schöne, schwere, braune Triumphator, es schäumte wie ein Alpenquell.

So beladen, aufgemuntert und von neuer Hoffnung erfüllt begab sich Odemar Müller wieder zur Universität, um sein Studium am Germanistischen Seminar nach einer durch Krieg, Revolution und Inflation verursachten Unterbrechung wieder aufzunehmen und endlich seine Doktor-Arbeit über die Nonne Roswitha und die Geburt des deutschen Dramas abzuschließen.

Ossip Zadkine, Yvan Goll.

Revolutionäre Clubs[1]

Um sich von dem mondänen Leben und seinen offiziellen Verpflichtungen zu erholen, begab Odemar sich manchmal zu Bertell, dem Propagandisten der Revolution, denn dieser hatte immer ein offenes Herz und einen reichlich gedeckten Tisch. Bertell waren die Wonnen der Einsamkeit unbekannt. Zu allen Tages- und Nachtzeiten ging bei ihm die Tür, kamen Freunde wie Unbekannte zu Besuch. Auf dem Tisch oder dem Kaminsims standen immer angebrochene Bier- und Schnapsflaschen, aufgeschlitzte Sardinendosen, geräucherte Würste, Butter und Pumpernickel. Er hatte eine Perserkatze mit weißem Fell und roter Schnauze, die er täglich mit Or de Coty einsprühte, dabei war sie völlig taub, und einen schwarzen, von der Körpermitte bis zum Schwanz geschorenen Pudel. Kaum waren die Genossen aus dem Haus, kamen die beiden Tiere herbei und feierten ihr Nachfest.

Bertell war der Archivar der Revolution. Er saß immer am Schreibtisch und schnitt gerade Zeitungsartikel aus, wenn man hereinkam. Seine Tageszeitungen türmten sich über ihm wie ein Haufen Schnee; er füllte einen Aktenordner nach dem anderen, denn er schrieb an einer Historie seiner Zeit. Da das Werk unter seinen Händen wuchs, war ihm zumute, als forme er mit ihnen das pulsierende Leben. Alle vier Wände seines Zimmers waren mit Aktenordnern tapeziert; solche mit rotem Rücken enthielten jeden Mord, der an einem Revolutionär verübt worden war, und nahmen mehr als drei Seiten des Raumes ein; die übrigen Ordner hatten

1 Eine unveröffentlichte Episode aus Sodom Berlin.

schwarze Rücken, in ihnen sammelte er die Morde, denen ein Reaktionär zum Opfer gefallen war. Bertell grämte sich, daß sich vor seinen Augen eine Revolution abspielte, die sozusagen auf dem Kopf stand, denn hier waren die Aufständischen Opfer. Die Revolution ist zuallererst ein symbolischer Akt, sie muß sich die Phantasie der Völker erobern, Exempel statuieren. Nun war neunzehnhundertneunzehn nicht ein General und kein einziger Feldwebel an einer Laterne des Reichs aufgehängt worden; schlimmer noch: Man hatte noch nicht einmal auch nur einem dieser Schinder den Kaiser-Wilhelm-Bart abrasiert, kein Haar war ihnen gekrümmt worden. Wenige Monate nach den schweren Kämpfen in Berlin hatten die Herren im Gehrock aus der Wilhelmstraße wieder Oberwasser. So blieben den wirklichen Revolutionären dieser Republik nur die politischen Clubs, wenn sie miteinander plaudern und sich gegenseitig im nachhinein der Feigheit bezichtigen wollten.

In einem dieser Clubs verkehrten vor allem Dichter, Schriftsteller und Ärzte, reine Intellektuelle also, die Sozialdemokratische Partei beobachtete ihn deshalb sehr mißtrauisch. Die Sitzungen hielt man in einem kleinen Wirtshaus beim Tauentzienplatz ab. Als Inhaber hatten ein ehemaliger Journalist und sein Bruder, ein Witzblattzeichner, die Revolution zu Gast unter ihrem Dach. Die Küche des Hauses hatte einen ebenso guten Ruf wie der scharfe Geist der beiden Chefs. Jeden Freitagabend fand eine öffentliche Sitzung statt. Weil gewisse Maler, die gleichzeitig berühmte Agitatoren waren, hier jedesmal das Wort ergriffen, traf sich die snobistische Gesellschaft von ganz Berlin in dem verrauchten, nach Kalbshaxen und Frankfurter Würstchen riechenden Saal. Man ging nach dem Theater nicht mehr auf einen Ball oder zu Schwannecke, wo ein Schauspieler der Reinhardt-Bühne hinter der Bar stand. Es gehörte jetzt zum guten Ton, den revolutionären Redeschlachten beizuwohnen. Die schönen Damen vom Kurfürstendamm zückten ihre Monokel und suchten sich einen Helden zum Liebhaber aus. Sie brachten als Begleitung ihre Gatten, die Bankiers, mit, die sich nebenbei in die Geheimnisse des Marxismus einweihen ließen und so sicherlich reichere Erkenntnisse mit nach Hause nahmen als jene, für die solche Abende eigentlich gedacht waren. Im übrigen fürchtete niemand mehr das Wort ›Revolution‹: Indem man sie idealisierte, nahm man ihr unwissentlich jede Angriffskraft.

Anmerkungen

S. 7 Goll spielt hier auf die während des Krieges von der Tageszeitung *Le Martin* geprägte, patriotische Metapher vom »heldischen Schlamm« (»la boue héroique«) an.

S. 8 *Karbonchlorid:* wurde im Ersten Weltkrieg als Kampfgas Phosgen verwendet.

S. 9 *Gravelotte:* Lothringischer Ort 10 km westlich von Metz. Der Sieg der deutschen Truppen in den beiden Schlachten von Gravelotte besiegelte im Krieg 1870/71 die Einschließung der französischen Festung Metz.

S. 17 *Fioretti:* Dichtung des Hl. Franz von Assisi. 1952 erschien in St. Gallen von Ivan und Claire Goll *»Neue Blümlein des Heiligen Franziskus«*, illustriert von Francis Rose.

S. 24 *Vorwärts:* Zentralorgan der SPD seit 1890. Chefredakteur des ersten Jahrzehnts war Wilhelm Liebknecht, Karl Liebknechts Vater. Am 25. 12. 1918 wurde das Gebäude des *Vorwärts* kurzfristig von Spartakisten besetzt, um gegen die Regierung Ebert-Scheidemann zu demonstrieren.

S. 24 *Jean Jaures:* sozialistischer Politiker (1859 bis 1914), Begründer der Zeitung *L'Humanité*, wurde als radikaler Pazifist bei Ausbruch des Ersten Weltkrieges von einem Nationalisten erschossen.

S. 30 Der Dichter Ehrenlaub: vermutlich ist Albert Ehrenstein (1887–1950) gemeint, der 1916 bei Kurt Wolff in Leipzig seine Antikriegsgedichte *»Der Mensch schreit«* publizierte und 1918 das Manifest der antinationalistischen Sozialistenpartei unterschrieb. Wie Goll veröffentlichte er in der Berliner Zeitschrift *Die Aktion.*

S. 30 Dr. Sahar, Psychoanalytiker: Die Theorie des Minderwertigkeitskomplexes entwickelte der Freud-Schüler Alfred Adler (1870–1937).

S. 37 Douaumont: 9 km nordöstlich von Verdun, war in der Schlacht von Verdun heftig umkämpft. Heute Gräberfeld, wo etwa 300 000 französische Soldaten begraben liegen.

S. 37 Charles Peguy: sozialistischer Schriftsteller (1873–1914).

S. 37 Paul Claudel: Diplomat und katholischer Schriftsteller (1868–1955).

S. 43 Anspielung auf den SPD-Politiker *Hermann Müller* (1876–1931), von Mai 1928 bis März 1930 Reichskanzler der Großen Koalition.

S. 45 Eleonora Duse: italienische Tragödin und Schauspielerin des Jugendstils (1858–1924), trat besonders in Rollen von Dumas, Ibsen, Maeterlink und ihres Freundes D'Annunzio auf.

S. 45 Gabriele D'Annunzio: italienischer Schriftsteller (1863–1938), propagierte 1915 Italiens Kriegseintritt, besetzte 1919 mit einer Freischar widerrechtlich Fiume

(Rijeka) und sah in Mussolini die Erfüllung seiner politischen Ideale.

S. 45 *Enrico Toselli:* italienischer Pianist und Komponist (1883–1926), liiert mit der Kronprinzessin Luise von Sachsen.

S. 45 *Mata Hari:* eigentlich Margaretha Gertruida Zelle (1876–1917), niederländische Tänzerin, im Ersten Weltkrieg in Frankreich der Spionage für das Deutsche Reich bezichtigt und in Vincennes hingerichtet. Ihre Lebensgeschichte wurde vielfach verfilmt; in Slatan Dudows Film »Kuhle Wampe« (1932) liest Vater Bönike die Mata-Hari-Story aus der Zeitung vor.

S. 45 *Hermann Fürst zu Hohenlohe-Langenburg:* (1832–1913), Mitbegründer der Deutschen Kolonialgesellschaft und 1894–1907 Statthalter der besetzten Provinzen Elsaß und Lothringen.

S. 45 *Philipp Graf Eulenburg:* (1847–1921), Botschafter in Wien, enger Vertrauter von Kaiser Wilhelm II., wurde infolge der Beschuldigungen des Publizisten Maximilian Harden, homosexuell zu sein – eine von Bismarck gegen den Kaiser eingefädelte politische Intrige – 1907 vom Hof entfernt.

S. 55 *Voltaire-Ausgabe:* vgl. Yvan Goll, *Das Lächeln Voltaires.* Basel und Leipzig, Rhein-Verlag 1921.

S. 65 *»Die Schule der Weisheit«:* 1920 in Darmstadt vom irrationalistischen Philosophen Hermann Graf Keyserling (1880–1946) begründet.

S. 67 *The Weintraub Syncopators:* in den 20er Jahren als Musikgruppe so berühmt wie die Comedian Harmonists.

S. 71 *Triestiner Karst:* Anspielung auf die zahlreichen Schlachten am Isonzo-Fluß zwischen Juni 1915 und Oktober 1917.

S. 84 *Rosa Luxemburg:* vgl. Yvan Goll, »Heilige Rosen blühen im Landwehrkanal / Letzte Rose von Deutschland«, aus seiner »Ode an Berlin« (1918), in *»Der Eiffelturm«*, Berlin 1924, S. 78.

S. 85 Dieses Brauhaus erinnert an das Vergnügungs-Etablissement *»Haus Vaterland«* am Potsdamer Platz, wie es – gleichzeitig – Franz Hessel in *»Spazieren in Berlin«* (Wien und Leipzig 1929) und Siegfried Kracauer in *»Die Angestellten«* (Frankfurt am Main 1930) beschrieben.

S. 85 *Fafner:* Figur aus Richard Wagners Oper »Das Rheingold«.

S. 87 Die Episode zwischen dem Chemieprofessor und dem Helden entnahm Goll mit einigen Änderungen seinem Roman *»Die Eurokokke«*, der im deutschen Original Berlin 1927 (S. 96–116), und in Golls eigener Version französisch unter dem Titel *»Lucifer Vieillissant«* (Paris 1934) erschien. Der Übersetzung dieser Episode liegt Golls deutscher Text zugrunde.

S. 87 *Phylloxera:* Reblaus, aus Amerika stammende Zwerg-laus, die Mitte des 19. Jahrhunderts etwa die Hälfte aller französischen Weinberge vernichtete.

S. 94 Bleischröder: Bankhaus in Berlin seit 1820. Blühte in den Gründerjahren, als es die fünf Milliarden Francs französischer Reparationszahlungen an das Deutsche Reich auf dem Kapitalmarkt von 1871 unterbrachte. Nachzulesen in dem Ausstellungskatalog *»Berlin um 1900«* (Redaktion Gesine Asmus), Berlin 1984.

S. 109 Henri Oedenkoven: (1875–1935), Begründer der Reform-Kolonie »Monte Verità« in Ascona, Kanton Tessin am Lago Maggiore um 1900. Yvan und Claire Goll lebten vom Frühjahr bis in den Winter 1918 in Ascona, wo Yvan u. a. *»Die drei guten Geister Frankreichs«* (Berlin 1919) schrieb. Vgl. Claire Goll: Ich verzeihe keinem. Eine literarische chronique scandaleuse unserer Zeit. Bern und München 1978, S. 65 bis 81.

S. 110 Mortadella: Anspielung auf französisch »la mort«, der Tod.

S. 112 Batignolles: Stadtteil im 17. Arrondissement von Paris, gehört zur Gemeinde von Clichy, wichtiger Güterbahnhof.

S. 118 Paul Painlevé: französischer Mathematiker und Politiker (1863–1933). War 1917 Kriegsminister und gleichzeitig Ministerpräsident. 1924 ein Mitbegründer der Links-Koalition. 1925 erneut Ministerpräsident, bis 1929 wieder Kriegsminister. Sein Sohn Jean Painlevé, geb. 1902, inszenierte 1927 Golls Drama »Methusalem« am Pariser Théâtre Michel und gilt als ein Pionier des wissenschaftlichen Dokumentarfilms.

S. 118 Paul Langevin: französischer Physiker (1872–1946), der im Ersten Weltkrieg eine Methode zur Schall-Sondierung von U-Booten entwickelte.

S. 118 Percin de Montgaillard: südfranzösische Familie, die im 19. Jahrhundert Geistliche, Politiker und Historiker hervorbrachte. Ein General Percin um 1930 ist nicht nachweisbar.

S. 118 Anatole France: französischer Schriftsteller (1844–1924). Sehr erfolgreicher Romancier, engagierte sich im Dreyfuß-Prozeß für den Angeklagten, erhielt 1921 den Nobelpreis für Literatur. Im Roman *»Die Eurokokke«* (a.a.O., S. 123) übt Goll Kritik an Anatole France im Vergleich zu jungen Literaten: »Eure heutige Ungeduld, eure Skepsis, euer Nihilismus unterscheiden sich in nichts von seiner alten sterilen Ironie. France und Dada sind von einer Familie: er vor, ihr nach dem Krieg.« – Die hier geschilderte Anekdote über France berichtet auch Claire Goll in ihrem Erinnerungsbuch *»Ich verzeihe keinem«*, a.a.O., S. 106.

S. 119 Petit Suisse: »Kleiner Schweizer«, sehr fetter Frischkäse.

S. 120 Apachen: Metapher der sogenannten Gesellschaft für »das eingeborene Volk« von Montmartre.

S. 120 Francis Carco: französischer Schriftsteller (1886–1958). Ursprünglich »Kanake« aus Neu-Kaledonien, dessen Werke besonders der Bohème, den »Apachen« und Außenseitern von Montmartre galten. »De Montmartre au Quartier Latin« ist eines seiner zahlreichen Erinnerungsbücher. »Jésus la Caille« hat einen homosexuellen Proletarier zum Helden und wurde 1924 schon übersetzt (Potsdam, Kiepenheuer). »Au coin des rues« erschien 1925 im Berliner Verlag »Die Schmiede« als »An Straßenecken«. Mit dem Carco-

Übersetzer Fred Antoine Angermeyer war Goll befreundet.

S. 120 *Java:* volkstümlicher Pariser Tanz, typisch für die Valse Musette.

S. 122 *König Nicolo:* gemeint ist Nicolas I., König von Montenegro (1841–1921). Im französischen Exil, Antibes, ansässig, seit Montenegro 1918 an Jugoslawien fiel.

S. 125 *Kohlrüben:* Anspielung auf den »Kohlrübenwinter« 1917, als es in Deutschland kaum etwas anderes als Kohlrüben zu essen gab.

S. 126 *Die Einnahme von Tarnopol:* erfolgte am 24. Juli 1917 durch das 23. Reservekorps und die zweite österreichische Armee. Tarnopol, in Ostgalizien, war Ende August 1914 von der russischen Armee besetzt worden.

S. 132 *Bertell:* Vorbild für diese Figur war der Heidelberger Privatdozent für Statistik und Mathematik Emil Julius Gumbel, der in seinen Büchern *»Zwei Jahre Mord«* (1921), *»Vier Jahre politischer Mord«* (1922), *»Verräter verfallen der Feme«* (1929) und *»Laßt Köpfe rollen«* (1932) alle erreichbaren Dokumente zu den Feme-Morden in der Weimarer Republik zusammentrug.

Anmerkungen von Hans Thill und Karsten Witte

George Grosz, Gottes sichtbarer Segen ist bei mir. 1922.

Sodom Berlin: Ein Verfehltes Verlangen

> »Es krachen die goldenen Stufen und Leitern in ganz Europa, und es wird kein Ende sein, bis der ganze Waffenplatz geräumt ist, und für jeden die gleiche Stelle im Leben frei.«[1]

1. Als Walter Benjamin seinen Aufsatz »Der Sürrealismus« – »Pessimismus auf der ganzen Linie. Jawohl und durchaus« – 1929 in der *Literarischen Welt* einrückte, war in der gleichen Nummer der Zeitschrift ein Bericht zu lesen über Goll, den »Mann, der zwischen zwei Stühlen sitzt.« Tatsächlich saß der Mann zwischen zwei Genres, nicht mehr Lyrik schreibend, sondern kaum noch wahrgenommene Prosa.

»Seit einiger Zeit schien Yvan Goll sein produktives Schaffen eingestellt zu haben. Man hörte nichts mehr von ihm. (...) Lebend in Paris war er ein Pariser Lebender geworden. Regelmäßig kommt er nach Berlin, um die beiden Temperaturen zwischen den beiden Hauptstädten Europas zu messen.

›Zwiefältigkeit?‹ sagte er. ›Es klingt beinahe wie Zwiespältigkeit. Wir Elsässer, die wir wählen können, sitzen zwischen zwei Stühlen. Von Deutschland und Frankreich wehen Nord- und Südwind. Es zieht am Rhein, und eine Bronchitis ist schnell da.‹ (...)

– ›Und Ihre Romane?‹

– ›Damit steht es noch seltsamer [als mit meinen Gedichten]. Ich bin überzeugt, daß ich die gleichen Stoffe vollkommen anders verarbeitet hätte, wenn ich mich der deutschen statt der französischen Sprache bedient

1 *Yvan Goll: Die drei guten Geister Frankreichs.* Berlin, Erich Reiß 1919, S. 27. (*Tribüne der Kunst und Zeit.* Eine Schriftensammlung, hg. von Kasimir Edschmid, Bd. 5).

hätte. Jetzt wird sie ganz ruhig, gradlinig, fast monokord. Vielleicht sind sie [die Romane] zu eng geraten, weil sie französisch konzipiert sind. Ich gebe zu, daß sie deshalb wenig Schallraum haben, nicht gut in die Welt hinausklingen, in unsere Welt. Sie sind mir fast wie Provinzialgewächse.‹[2]

Auch dies ist, was Benjamin vom »Sürrealismus« insgesamt hielt, eine »Momentaufnahme der europäischen Intelligenz«. Goll, dem hier angedichtet wird, er käme zum Fiebermessen aus Paris nach Berlin angereist, spricht selbst von windiger Mythologie im Rheintal und äußert Angst vor Erkältung. Auf seine Romane angesprochen, antwortet er nicht mehr als Zeitdiagnostiker, sondern mit der vegetativen Metapher der Provinzialgewächse, gleich, als hätten seine Schriften keinerlei Stoff sozialer Erkenntnis in sich.

Goll fühlt sich isoliert. Er steht im Umbruch. Das aber war für ihn die Befindlichkeit seines Schreibens von Anfang an. Als Dichter übte er Engagement. Als Romancier rechnet er nun mit denen, und nicht zuletzt mit sich selber, ab, die 1918 »sehr laut ins Leere geschrien« hatten, wie es in dieser Begegnung mit der *Literarischen Welt* hieß.

In der gleichen Nummer der Zeitschrift war Golls Kurzprosa *Die Eurokokke* besprochen worden: »Das ist ein schönes und reines Zeugnis für einen Geist, der sich auf rettungslos verlorenem Posten inmitten einer untergehenden Welt fühlt und jeden Kompromiß ablehnt, der ihm Sinn und Inhalt des Lebens vortäuschen könnte. Eine Hymne des intellektuellen Nihilismus, wie sie in diesen ermattenden, besänftigten Tagen der Nach-

2 B. G.: *Der Mann, der zwischen zwei Stühlen sitzt.* In: *Die Literarische Welt*, Jg. 5, Nr. 5 (1929).

kriegszeit nur selten noch geschrieben werden. (...) Kein Wunder, daß diese Eruption, dieser schmerzhafte Feuerregen von beinahe banalen, doch allgemein unbeliebten Wahrheiten überall geflissentlich übersehen wird. Das Buch ist seit einem Jahr erschienen und noch fast gar nicht besprochen worden.«

Der Rezensent war Axel Eggebrecht, der sich selber des »feigen Aufschubs« bezichtigt, Golls Prosa aus dem Weg zu gehen. »Es ist durchaus kein langweiliges Buch. Aber ein eiskaltes. Übrigens hat es in seiner Gesamthaltung eine merkwürdige innere Verwandtschaft mit einem anderen, das freilich ungleich konzilianter geschrieben ist und demnach letzthin zu den großen Bucherfolgen zählt: mit Hesses *Steppenwolf*. Aber was dort in sachter Betrachtung ins Ungewisse verfließt, bricht bei Goll ebenso ungewiß, doch mit hartem Schlag ab. Kein gemütlicher Zeitgenosse.«[3]

Was Goll am gleichen Ort Verlust an Schallraum nannte, erkannte Eggebrecht als Echolosigkeit. Doch der Vergleich mit Hesse mißlingt. Es scheint für Golls Prosa in der Literatur seiner Zeit wenig Vergleichbares existiert zu haben. Sucht man eine Verwandtschaft, dann wäre es die zur Malerei, die damals an satirischer Schärfe gewann, was die Literatur an psychologischer Zeichnung verlor.

In *Sodom Berlin* geistert eine Maler-Figur durch die Stadt, der Goll die Züge eines diabolischen Gnoms verleiht: Ypsilon. Da an Kandinsky hier allen Ernstes leicht zu denken ist, liegen jenseits biographischer Stimmigkeit als synthetisierte Vorbilder zu Ypsilon die Maler Dix und Grosz näher, deren Endbuchstaben zudem,

3 *Axel Eggebrecht:* Buch-Chronik der Woche. *Ivan Golls ›Die Eurokokke‹.* In: *Die Literarische Welt*, a.a.O.

spekuliert man auf Golls ausgesuchtes Pseudonym, das Ypsilon umschließen. Für George Grosz spricht nicht nur, daß Goll ihm kunstkritische Betrachtungen widmete. Grosz steuerte seinerseits zur Erstausgabe des Goll-Dramas *Methusalem* drei Figurinen bei.[4]

Jene, die Methusalem galt, könnte hier die Gestalt des Odemar Müller präfigurieren: ein Hampelmann ohne Gesicht, ohne Hand und Fuß, dafür mit vernageltem Kopf, einer Kurbel im Gehirn, einem Weinhumpen, einer Solinger Klinke, blank gezogen, Zapfhahn und Eisernem Kreuz, wo Hände sein sollten, Wundverband und Filzpantoffel, wo Füße sein sollten. Das ist eine Figurine, keine Figur mehr. Sie nimmt auch den *Spießer-Spiegel* von Grosz vorweg.[5]

Sie ist überzeichnet. Sie besteht aus nichts als Zeichen. Sie ist eine Zusammensetzung aus abgesprengten Teilen. Sie funktioniert nicht aus eigenem Antrieb, sondern durch fremde Manipulation. Ihre Gestalt ist auf Anhieb kenntlich. Ob Methusalem, ob Müller, ob Bibel-Metapher oder Chiffre der Namenlosigkeit, was Goll in die Literatur einführt, damit gingen Grosz und De Chirico längst um: L'Homme-Machine.

Am Ende des Romans kriecht einer im Atelier des Malers Ypsilon unter. Es ist der Friedensapostel Wilhelm Wander, auch das ein überdeterminierter Name, in dem Goll Wilhelm Meister mit dem Wandervogel amal-

4 *Yvan Goll: George Grosz.* In: *Clarté*, No. 8 (1922), und in der surrealistischen Zeitschrift 900, No. 4 (1927), zitiert nach Vera B. Profit, siehe Anmerkung 14. Vgl. auch Yvan Goll: *Methusalem.* Berlin, Potsdam, Gustav Kiepenheuer 1922. Die Neuausgabe bei de Gruyter, Berlin 1966 (Reihe *Komedia*, Bd. 12) enthält eine vierte Figurine von George Grosz, die sich in der Erstausgabe nicht findet. Sie stammt aus dem Besitz von Claire Goll.

5 *George Grosz: Der Spießer-Spiegel.* Sechzig Berliner Bilder. Dresden, Carl Reißner 1925.

gamiert. Wander flieht vor dem als »Bluthund« berüchtigten Noske, dessen Truppen im Auftrag der SPD-Regierung Spartakisten jagen. Wander leidet nicht an Verfolgungswahn. Er ist in Not, wie ein der Fiktion Golls vergleichbares Zeugnis aus dem Berlin der Spartakistenkämpfe belegt:
»Berlin, 16. März 1919. Vormittags George Grosz in seinem Atelier besucht, um ihm das Geld für das von mir gekaufte Bild zu bringen. Nachdem er mich auf den Flur hineingelassen hatte, bat er mich, einen Augenblick hier zu warten, da erst ein Freund, der im Atelier übernachtet habe, verschwinden müsse; wahrscheinlich ein flüchtiger Kommunist. Grosz sagt, zahlreiche Künstler und Intellektuelle (zum Beispiel [Carl] Einstein) seien auf der Flucht von Haus zu Haus.«[6]

2. Auch Odemar Müller ist auf der Flucht. Nie möchte er der sein, der er glaubt, gewesen zu sein. Ganz der Alte – dafür hält ihn niemand, auch unter denen nicht, die ihm ein zweites Mal begegnen. Ständig wird Odemar definiert; heftig versucht er, sich einer Definition zu entziehen. Er ist weniger als ein Charakter, er ist ein Medium, in dem sich seine Zeit – vom Ende des Wilhelminismus bis zum Beginn der Neuen Sachlichkeit – samt ihrer rasch gewendeten Moden zu erkennen gibt.
Dieser Oberförstersohn aus dem Thüringer Wald, sozialisiert in spartanischer Zucht, begabt mit tiefem Gemüt, wird in Bonn am Rhein Biertrinker, Wagnerverehrer, Corpsstudent und Antisemit. Alle Klippen schafft er spielend. Ein guter Schüler, ein guter Student, wird er

6 *Harry Graf Kessler: Tagebücher 1918–1937.* Hg. von Wolfgang Pfeiffer-Belli. Frankfurt a. M., Insel Verlag 1961, S. 157.

folglich, als der Kaiser keine Parteien mehr kennt, ein guter Soldat. Ein Befehlsempfänger, zusammengebaut aus den klassischen Attributen autoritäter Erziehung. Ein Überspringer von militärischer zu göttlicher Mystik, vom Reaktionär zum Spartakisten, vom Salonbolschewisten zum Spekulanten, der das Geschäft der intellektuellen Illusionen an der Börse betreibt: »gestern ein Demiurg, vorgestern Held, hatte er sich mit überwältigender Leichtigkeit in einen Ökonomen verwandelt«, wie Goll über ihn berichtet.

Dieser fliegende Rollenwechsel eines Mediums, das doch in allen Larven unverkennbar deutsch bleibt, nimmt für Goll die Dimension einer Groteske ein, die verformt. Platzt die von Odemar ins hektische Leben gerufene »Gesellschaft der Allgemeinen Verbrüderung«, die GESAV, so muß der ehemalige Aufsichtsratsvorsitzende durchs Küchenfenster fliehen: »weniger, um der Polizei zu entkommen, als vielmehr, um sich zu finden.«

Die Selbstfindung war eine Zauberformel im Berlin der Weimarer Republik all derer, die nach dem Abbröckeln des Kaiserreichs – von Sturz und Revolution war ja nur hilfsweise die öffentliche Rede – ihr geistiges Vakuum in der potenzierten Zerstreuung der Angebote zu füllen glaubten. Für Goll war die Vielfalt wie der rasche Wechsel seiner Figur durch alle politisch denkbaren Lager, mit hemmungslosem Verrat jedweder Klasse, die Form der Bewegung, die Substanz und Ziel der Bewegung ersetzte.

Wenn Odemar auf seinen Streifzügen durch das Warenhaus der Ideen sich als Medium aufführt, dann gehorcht seine Gangart dabei anderen Gesetzen als denen geistiger Versenkung. Goll ließ die Moden des Tages Revue passieren. Nicht mehr die Idee bringt zum Tanzen, sondern das Tanzen selber wird Idee. Odemars zerstreutes Leben von Thüringen bis Bonn, von Berlin bis Paris, von der Naturkolonie Monte Verità bis zur zerkarsteten Adria-Insel, spielt sich, so wie Goll es darstellt, unter einem Dache ab: der Allegorie, die »Haus Vaterland« hieß.

Sodom Berlin ist die Inszenierung einer sehr deutschen Revue, in der jedes neue Bild mit dem verrauschten wetteifert, deutscher als deutsch zu sein. Und da Goll eine Revue entwirft, muß er die Erscheinungen, die darin auftreten, wirksam auf die Spitze treiben:

»Dieses Volk, seine Dichter ausgenommen, haßt Einsamkeit und Individualität. Sogar der Familiensinn weicht hier dem Massengeist. Als Mitglied eines Verbandes muß man weniger Verantwortung übernehmen, als wenn man alleine handelt. Da es den Deutschen an Unternehmungsgeist fehlt, muß man sie mit einem Befehl in Bewegung setzen; dem Befehl allerdings gehorchen sie blind.«

Man muß bei dieser etwas humorlosen und ausgedroschenen Nummer namens »Kadavergehorsam versus Liberalität« das Publikum sich vor Augen halten. Goll bediente französische Leser, die seinen geballten Clichés zum Nationalismus um so bedenkenloser applaudierten, als sie aus der berufenen Hand eines Autors stammten, der authentische Erfahrungen mit dem, was am Deutschen *boche* war, während seines Studiums an der seinerzeit reichsdeutschen Universität Strasbourg gesammelt hatte. Goll bündelt bloß kurrente Meinungen, ohne ihnen durch Verdichtung und Zuschreibung eine Position anzuweisen. Er griff sich an Denk- und Verhaltensmustern rasch heraus, was im Umlauf war. Das haute hin, das sollte sitzen. Psychologie war seine Sache nicht.

Am Schluß des Romans resümiert der Autor seine Einschätzung Odemar Müllers, der wichtigsten Nebenfigur, die alle weiteren Figuren wie ein Nummerngirl auf die Bühne ruft:

»Odemar hatte alle Phasen eines vorübergehenden, aber tiefgreifenden Niedergangs durchlaufen und dabei mehrere Verwandlungen durchgemacht: argloser Student, mittelalterlicher Mystiker, überzeugter Krieger, wütender Revolutionär, Inflationsspekulant, Romantiker auf der Suche nach der Blauen Blume, Gauner, der in Spielhöllen ein- und ausging, leidenschaftlicher Liebhaber. Er vereinte in sich Engel wie Dämon, Zeitliches wie Geistiges.«

Verwandlungen eines Mannes ohne Eigenschaften in pure Quantität, in den blassen Reichtum der Facetten, schließlich Niedergang zur sozialen Enteignung, alle Anstrengungen zur kritischen Selbstfindung Lügen strafend – das war eine Grunderfahrung der nach 1918 schreibenden Generation, die in der Verortung von Ichlosigkeit gleichzeitig die Identität kommender Massen festhielt. Odemar Müller kam in der verführerischen Vervielfältigung sich selber abhanden, kam dafür aber als Medium, um nicht zu sagen als zwangsrekrutiertes Revuegirl seinem Zeitgeist auf die Spur. Hier spricht Goll vom Karneval. Die Erfahrung vom Ende der Einmaligkeit und vom glitzernden Beginn endloser Zerstreuung war eine, die Golls Figur mit Kafkas Gregor Samsa, mit Brechts Packer Galy Gay, mit Kracauers Ginster und mit Joseph Roths Tunda teilte:

»(...) ein junger starker Mann von allerhand Talenten [stand] inmitten der Hauptstadt der Welt und wußte nicht, was er machen sollte. Er hatte keinen Beruf, keine Liebe, keine Lust, keine Hoffnung, keinen Ehrgeiz und nicht einmal Egoismus. So überflüssig wie er war niemand in der Welt.«[7]

So ist das Ende von Roths Roman *Die Flucht ohne Ende*, der zwei Jahre vor Golls Roman erschien. Beide entziehen sich der Sinngebung ihrer Helden, die dem Schicksal einer vollkommenen Veräußerlichung unterworfen werden. Das Fließband der rationalisierten Wirtschaft wie der Film in schon taylorisierter Wahrnehmung standen hier Pate. Nicht mehr ein exemplarisches Leben war gefragt, gefragt war das Experimentelle. Odemar Müller stellt ein Experiment unter vielen mit dem Siedepunkt Deutsch dar, bei dem die Reagenzgläser platzten.

3. Sodom ist ein alter Ort der Verderbnis. Zwei Engel, die Lot in sein Haus bat, sollen schuldig gewesen sein am Unglück, das der Herr der Schöpfung über jene Stadt sandte. Die Sodomiter wollten die Engel weder Lot, noch seinen Töchtern überlassen, sondern teilhaben an ihrer Schönheit. Sie begehrten, Lots Gäste zu erkennen. Und diese Art biblischer Erkenntnis – 1. Buch Mose, Kapitel 19 – war, wie zu lesen, ein sexuelles Verlangen. Fortan erstand Sodom, im Feuerregen untergegangen, überall dort wieder auf, wo der Topos Verderbnis geboten schien. Sodomie wurde zum Synonym für Männerliebe.

Als Marcel Proust, hier »der letzte Historiker der französischen Bourgeoisie« genannt, die Liebe des Baron de Charlus zu Morel erzählte, nannte er den Teil seines Romanwerkes *Sodome et Gomorrhe*. Kurz vor dem Tode des Autors erschien dieser Teil der *Suche nach der verlo-*

7 *Joseph Roth: Die Flucht ohne Ende.* Ein Bericht. München, Kurt Wolff 1927, S. 253.

renen Zeit in Paris. Sieben Jahre später repliziert Yvan Goll hierauf mit seinem Titel *Sodome et Berlin*. Berlin ist Gomorrha.

»Nun war damals in Berlin Perversität hoch in Mode. Moralischer Nihilismus und physische Verzweiflung hatten ihren Höhpunkt erreicht. (...) Sodom und Gomorrha waren in Berlin wiederauferstanden. Öffentlich gestand man seine Vorliebe für Drogen, predigte mystische Verhexungen und machte trotz des § 175 aus seinen homosexuellen oder lesbischen Neigungen keinen Hehl. Und weil in Deutschland alles Ursache und Wirkung, alles seine Schublade und seinen Grund haben muß, nannte sich das Freiheit, Leben in Leidenschaft, der große Taumel oder göttliche Ekstase.«

Draußen »ging Berlin vor Hunger und Kälte ein«, und drinnen feierte man den »Jahrmarkt der Glückseligkeiten«. Das große Frieren und der große Taumel als die extremen Pole eines bislang in Deutschland doppelt frustrierten Verlangens nach Revolution und Sexualität – so zeigten auch die Filme eines G. W. Pabst die Republik von Weimar. Einerseits *Die freudlose Gasse*, andererseits *Die Büchse der Pandora*, die Pabst eben nicht »Lulu« oder »Erdgeist« nannte. In diesem Sinne wäre Golls Roman zu lesen: die Stadt Berlin als Schauplatz und Topos einer ausgegrenzten Lust. Die Ausgrenzung hat ihren Preis, den auch Goll mit moralischem Nihilismus und physischer Verzweiflung kaum anders als die anerkannte Sitte veranschlagt.

Im anderen Umfelde, in dem Goll über das Showbusiness berichtete, hatte er eine Einschätzung des Sodom-Topos, die utopischer klang. Im Bericht »Die Neger erobern Europa« (so machte Goll gleich Reklame für das Buch der Claire Goll: *Der Neger Jupiter erobert Europa*) hieß es:

»Die Neger sind da. Ganz Europa tanzt bereits nach ihrem Banjo. Es kann nicht anders. Manche sagen, das sind die Rhythmen aus Sodom und Gomorrha. Warum sollen es nicht die aus dem Paradies sein? Hier sind ein Untergang und ein Anfang verquickt.«[8]

Abgesehen von der Verquickung des Harlem-Mythos mit dem von Sodom sah Goll, daß um 1925 statt früherer Bewegungskunst sich ein neuer Rhythmus durchsetzte. Ganz Europa tanzte. Da fiel ein Odemar nicht aus der Reihe. Wenngleich er gegen die Verlockungen der Perversität gefeit schien, verfiel er doch dem Sado-Kitsch, den Goll in Gestalt der Postmeistertochter Irmelinde aus Wilmersdorf für ihn bereithielt:

»Diese Blonde raubte ihm die Ruhe, diese schillernde Welle, mit blaugrünen Teufelsaugen, mit Porzellanfingern, Libellenflügeln. Du *Femme fatale*, jeder Deutsche harrt deiner, um ein Mal in seinem Leben deinen Atem wie ein Rauschgift einzusaugen, um sich unter der Rute in deinen elektrischen Händen zu winden.«

Intellektuelle Enteignung des Mannes und körperliche Entstofflichung der Frau – auch Goll hegt seine Männerphantasien, in denen sich nichts mehr verkörpert, sondern alles verflüchtigt. Odemar, diese Eigenschaft ohne Mann, liebt eine Frau, die alles andere als eine Frau ist, Nymphe, Teufel, Insekt, Gift, Domina. Und die Teufelsaugen? Die heißen im Original »yeux pers et verts«. Lautlich umspielten sie gerade das, dem sie entgehen sollten, die Perversität.

Odemar und Irmelinde sind kein Liebespaar aus dem Fleisch und Blut der Inflationszeit. Sie sind bloß Folien

8 *Yvan Goll: Die Neger erobern Europa.* In: *Literarische Welt,* 15. 1. 1926. Zitiert nach Anton Kaes (Hg.), *Weimarer Republik.* Manifeste und Dokumente zur deutschen Literatur 1918 bis 1933. Stuttgart 1983, S. 257.

einer pervertierten Mythologie vom Deutschsein. Die kleben heute noch wie Pech an jedem Ausflugsdampfer auf dem Berliner Landwehrkanal, wenn Wotan, Elfe, Rheinpfalz oder Frohsinn vorüberrauschen.

4. *Sodom Berlin* ist eine Negation des Expressionismus, wie sie, zumindest in der französischen Literatur, ihresgleichen sucht. Goll, der selber an der *Menschheitsdämmerung* in seinen Berliner Jahren bis 1921 teilhatte, sagt sich los, geht nach Paris und rechnet ab. Mit der verfehlten November-Revolution, dem Sektierertum jedweder Spielart, dem Festhalten an reaktionären Gepflogenheiten, der Vereinsmeierei, der Psychoanalyse, der Organisationsform intellektueller Zirkel, dem Opportunismus, dem literarischen Schiebertum. Alles, was vorgab, im Nachkriegselend erlösenden Sinn zu stiften, verfehlte das Verlangen nach Freiheit. Nichts läßt Goll gelten. Alles reißt er ein.

Sein Haß ist ebenso groß wie seine verzweifelte Zuwendung zu diesem imaginären Ort Sodom-Berlin. Deshalb liest sich sein Roman passagenweise wie ein hastig entworfenes Pamphlet, wie Vornotizen zu einem Drehbuch. Mit dem Realisten G. W. Pabst sollte er leider erst in den dreißiger Jahren zusammenarbeiten. Näher lag Goll die Arbeit von Walter Ruttmann. Mit dem Regisseur des Montagefilms *Berlin, die Sinfonie einer Großstadt* schrieb er nach Fertigstellung seines Berlin-Romans an einem Tonfilmprojekt.[9] *Sodom Berlin* markiert seine endgültige Ablösung vom Expressionismus wie seine kaum wahrgenommene Wendung zur Neuen

9 Vgl. *Claire Goll/Yvan Goll: Meiner Seele Töne.* Briefe, erweiterte Ausgabe. Neu hg. und kommentiert von Barbara Glauert. Scherz Verlag, o. O. 1978, S. 53ff. Mit Ruttmann arbeitete Goll 1930, mit G. W. Pabst 1932, vgl. dazu S. 122f.

Sachlichkeit. Das letzte Kapitel läutet diesen Übergang hier ein:

»Der Papierschnee war geschmolzen. Herkömmliche Kalender hatten ihn nicht angekündigt, und doch hatte er Deutschland für eine Zeit des Elends zugedeckt. Der Himmel war nicht mehr aus Blei, sondern aus leichter Seide.

Die Häuser neigten sich nicht mehr wie in Albträumen über die Straße, die Brücken gingen nicht mehr entzwei, als wären sie aus nasser Pappe, und auf der Straße sahen die Menschen nicht mehr wie Mörder oder Propheten aus. Attila-Masken und Christus-Bärte waren gefallen, als hätte man den Karneval ausgetrieben.«

Der Karneval ist eine öffentliche Form der Parodie auf die Verkehrte Welt. Dem Karneval in der Literatur eignen Momente, wie Michail Bachtin sie untersuchte, nämlich Exzentrität, das Pathos des Wechsels von Tod und Erneuerung, die Krise, die Mesalliancen, Spott und Bejahung des Verspotteten.[10] In *Sodom Berlin* bezeichnet Goll den Ort eines verfehlten Verlangens nach durchgreifender Revolution.

Als Golls satirische Groteske vom ewigen Bürger, *Methusalem*, erschien, schrieb der Autor sein Credo zum Ende des Dramas, von dessen Kraft noch der Anfang seines Romans zehren sollte: »Was bleibt übrig? Die Zeit lächerlich machen. Die salzige, harte, böse Ironie. Die Peitsche. Die Unerbittlichkeit. Das Seziermesser bis auf die Knochen. Die Hosen runtergerissen. Die Schande offen ausgelacht. Die gesunde Rache der Kinder, die mit Steinen nachwerfen. A bas le bourgeois! Zerfetzt ihm seinen Regenschirm! Das ist bei Gott nicht

10 *Michail Bachtin: Literatur und Karneval.* Zur Romantheorie und Lachkultur. München, Carl Hanser 1969, S. 47–60.

dramatisch. Aber man lacht sich selbst ein bissel tot, und der Tod ist der letzte Kitzel, der unsere Langeweile noch etwas bemeistern kann.«[11]

5. Wenn Jürgen Serke im Buch *Die verbrannten Dichter*, das der Erinnerung an die Verschollenen eine Bahn bricht, davon sprechen muß, daß Yvan Goll (1891–1950) ein »heute in Deutschland unbekannter Lyriker« sei, so ist diese traurige Tatsache noch zu übertreffen, erinnert man daran, daß Goll als Prosa-Autor vollkommen vergessen ist.[12] In den Literaturgerschichten werden Yvan und Claire Goll als das Traumpaar der Lyrik geführt. Dementsprechend oft ununterscheidbar sind auch die gemeinsam geschriebenen Gedichtbände der beiden. Daß ihre Wege sich an einem bestimmten Zeitpunkt, um 1925, produktiv trennten, wird kaum zur Kenntnis genommen.
Den Einschnitt setzte die politische Stabilisierung der Weimarer Republik, Stresemanns Locarno-Pakt, die Aussöhnung von Deutschland und Frankreich durch die Festlegung der deutschen Westgrenze. Verständigungsreisen, Thomas Manns nach Paris, André Gides nach Berlin, wurden die Regel. In der Kunst korrespondierte der Einführung der Rentenmark die Durchsetzung der Neuen Sachlichkeit. Fortan hatten die Ekstasen des Expressionismus abgewirtschaftet. Die Golls legten eine lyrische Pause ein und begannen, von Paris aus, getrennte Wege zum Roman hin einzuschlagen. Diese zu entdecken, ist eine Überraschung wert, die nur noch zu übertreffen wäre durch den Fundus an Essays

11 *Yvan Goll: Es gibt kein Drama mehr!* In: *Die Neue Schaubühne*, 4 (Januar 1922). Zitiert nach Anton Kaes, a.a.O., S. 396.
12 *Jürgen Serke: Die verbrannten Dichter.* Erweiterte Ausgabe. Frankfurt a.M. 1980, S. 93. (Fischer Taschenbuch, Bd. 2239).

zur Kunst- und Literaturkritik, die die Golls französisch und deutsch geschrieben hinterließen.
Während Claire Goll ihre Romane *Der Neger Jupiter raubt Europa* im Rhein-Verlag Basel 1926 (und 1928 in Paris), *Une Perle* (Paris 1929), *Ein Mensch ertrinkt* (Berlin 1932), erscheinen ließ, legte Yvan Goll seine Romane *Le Microbe d'Or*, eine schneidende Abrechnung mit seinem geizigen Elternhaus (Paris 1927), *Die Eurokokke* (Berlin 1927), *Der Mitropäer* vor – eine Satire auf den in allen Moden behaupteten Avantgardisten Jean Cocteau, der hier als Monsieur Cocherel (!) auftritt[13] (Rhein-Verlag, Basel 1928, die französische Fassung Golls erschien unter dem Titel *A Bas l'Europe* Paris 1928); sodann *Agnus Dei* – eine moderne Version der Agnes-Legende, die in der Pariser Metro endet (Paris 1929); nie übersetzt wie auch der Roman, der hier zum ersten Mal nach der Originalausgabe (Paris 1929) und sogar um einen Nachtrag vervollständigt vorliegt: *Sodome et Berlin.*[14]

13 Vgl. dazu Klaus Manns Bericht über seinen Pariser Besuch bei den Golls, *Klaus Mann: Auf der Suche nach einem Weg*. Berlin, Transmare Verlag 1931, S. 331–335.

14 Im Emile-Paul Verlag, Paris, erschien 1968 die letzte Ausgabe der Werke. *Yvan Goll: Œuvres*, hg. von Claire Goll und François Xavier Jaujard. Von vier angekündigten Bänden sind nur die ersten beiden erschienen, aber auch die Bände 3 und 4 kündigten keine Neuauflagen der Romane, geschweige eine Sammlung der Essays an.
Einer amerikanischen Dissertation verdanke ich den Hinweis darauf, daß Goll ein Jahr nach Erscheinen von *Sodom et Berlin* einen Nachtrag zu diesem Roman publizierte: »Club Révolutionnaires«, in der Zeitschrift *Revue d'Allemagne*, 4. Jg., No. 28 (Februar 1930), wie auch die französischen Romane Golls verlegt bei Emile-Paul, Paris. Die Zeitschrift ist in der Staatsbibliothek Berlin/West wie in der Deutschen Staatsbibliothek, Berlin/DDR, vorhanden. Allerdings ist der betreffende Jahrgang bei Evakuierung der Preußischen Staatsbibliothek 1944 geteilt worden. Die Teilbände des gleichen Jahrgangs werden heute, unter der *gleichen* Signatur, getrennt aufbewahrt. Ich danke der Deutschen Staatsbibliothek Berlin/DDR für die freundliche Hilfe beim Auffinden des Textes. Den Hinweis zu diesem Roman-Nachtrag entnahm ich der Arbeit von Vera B. Profit: Interpretations of Yvan Goll's late Poetry. Bern, Frankfurt a. M., Las Vegas 1977 (*German Studies in America*, No. 26).

Aufschlüsse über die Entstehungsgeschichte dieser Prosawerke sind spärlich. Nicht nur ist das Archiv des Originalverlegers Emile-Paul in Paris seit dem Konkurs des Hauses in den siebziger Jahren unzugänglich; auch die Briefe, die Claire und Yvann Goll zwischen 1927 und 1930 wechselten, sind, ohne daß ein Grund für diese große Kluft erkennbar wäre, nicht ediert. Claire Goll, die noch bis 1977 Neuauflagen ihrer frühen Prosa betrieb, hat diese Mühen für Yvans Romane nicht unternommen. Yvan sollte wohl einzig als Liebender und Lyriker der Nachwelt überliefert werden.[15]

Dieser Stilisierung bequemten sich die Literaten an. Von Yvan Golls Prosa sprach keiner, weder Jules Romains noch Marcel Brion, Francis Carmody oder Richard Exner im ersten Studienband zum Gollschen Werk[16]; die Monographie von Carmody erwähnt immerhin *Sodome et Berlin*, reiht den Roman aber ein als Vorläufer zu Golls *Lucifer Vieillissant* (Paris 1934), was angehen mag, wenn man Golls deutsch geschriebenes Werk *Die Eurokokke* nicht kennt, die in Wahrheit der Vorläufer zum »Alternden Luzifer« war.[17]

Helmut Uhligs Abriß »Yvan Golls Werk bis 1930« im ersten Sammelband der *Dichtungen* von Goll qualifiziert Golls Prosa anhand des Beispiels der *Eurokokke* als »dithyrambisch«. Goll habe eine Übersteigerung der Realität erstrebt.[18] Dieses Konzept war in den fünfziger Jahren willkommen: Golls Prosa war eine Nebenabteilung seiner Lyrik, und deren übersteigerte Realität ent-

15 *Claire Goll/Yvan Goll: Meiner Seele Töne.* Briefe, a.a.O. Vgl. S. 49, auf der die Korrespondenz vom Juli 1927 auf Februar 1930 springt.

16 *Yvan Goll: Quatre études.* Paris 1956 (Poètes d'aujourd'hui).

17 *Francis J. Carmody: The Poetry of Yvan Goll.* A Biographical Study. Paris 1956, S. 70.

18 *Helmut Uhlig: Yvan Golls Werk bis 1930.* In: Yvan Goll, *Dichtungen.* Hg von Claire Goll. Neuwied, Berlin, Luchterhand 1960, S. 803–813.

stofflichte die historische. Die vielzitierte Studie von Joachim Müller bleibt bei Golls Gedichten. Denn »für die Dramen und Romane müssen noch Einzelinterpretationen abgewartet werden, ehe man sicher werten kann«.[19]

Einer wollte nicht abwarten und warf einen Blick auf Goll, der dessen Werk einer geschichtlichen Kritik unterzog. Karl Markus Michel, der aus Anlaß der Frankfurter Inszenierung (1961) von Golls satirischem Drama *Methusalem oder Der ewige Bürger* auch zum Programmheft beitrug, schrieb in den *Frankfurter Heften*, in Goll spiegele sich eine repräsentative Tendenz der deutschen und französischen Literatur jener Jahre: »der Weg vom Protest zur Legende, von der Parole zur Litanei«[20]. Als zentrales Motiv der Gollschen Romane und Erzählungen machte Michel die »Spannung zwischen kultivierter Langeweile und drohender Barbarei« aus.

Auf *Sodom Berlin* hingedacht hieße das, hier herrscht Hochspannung zwischen den Polen Protest *und* Legende, Langeweile *und* Barbarei, ohne daß die Kritik, die einen historischen Ort einnimmt, diesen aufgeben müßte. Denn erst nach dem hier vorgelegten Buch schlug Goll den Weg ein, der in die Legende führte.

Karsten Witte

19 *Joachim Müller: Yvan Goll im deutschen Expressionismus.* Berlin/DDR 1962, S. 16. (Sitzungsberichte der Sächsischen Akademie der Wissenschaften zu Leipzig. Philologisch-historische Klasse, Bd. 107, Heft 2.)

20 *Karl Markus Michel: »Nur eines Gottes Embryo«* – ein Blick auf Yvan Goll. In: *Frankfurter Hefte*, Zeitschrift für Kultur und Politik, 16. Jg., Heft 7 (Juli 1961), S. 471–482.

Verzeichnis der Abbildungen

Die folgenden Zeichnungen wurden Claire und Yvan Goll von den Künstlern zur Verfügung gestellt. Wir danken der Fondation Goll, Saint-Dié, Frankreich, für die Erlaubnis zur Publikation:

Abdruck mit freundlicher Genehmigung der VG Bild-Kunst, Bonn: